愛讀文言經典十二篇　　黃維樑 黃玉麟 編著

創意、統籌、撰稿

　校閱、封面設計：**黃維樑**

　　編寫、排版：**黃玉麟**

　　　　出版：**文思出版社**

　　　　　　地址：香港新界粉嶺粉嶺中心 D 座六樓七室

　　　　　　電話：5804 3139

　　　　印刷：**博藝坊工作室**

　　　　書號：9789887758839

　　　　版次：2019 年 3 月第一版第一次印刷

　　　　定價：第一版第一次印刷定價港幣 30 元

　　　本書用「愛讀式」版式排版。「愛讀式」的主要特色為：句、段、篇盡量完整地清晰地呈現，注釋、語譯、評點貼近原文，務使閱讀時一目了然，把握整句、整段、整篇的內容，以達到方便閱讀、加強理解、有利記憶的目標，希望讀者因此而更愛讀書。「**愛讀式**」（Arf，即 A-Reader Format）**的知識產權持有人為黃維樑**。未經授權，任何個人或團體不得採用「愛讀式」排印文本。

　　　有關本書內容、印刷、幀裝等問題，可致電郵 szwlwong@163.com 與本書編著者聯繫，或與出版社聯繫。

　　　購買本書可到書店，也可直接來電郵 szwlwong@163.com 購買。請告知詳細郵寄地址，我們郵寄寄出，免收郵費。購買 10 冊或以上，免收郵費之外，還可得九折優惠。購買 50 冊或以上，免收郵費（或運送費）之外，還可得八折優惠。購買 100 冊或以上，可得七折優惠，而且可由我們免費送到指定地址。歡迎來電郵查詢詳情。（「免收郵費」地區，限於香港和內地；寄至其他地區，如何收費另議。）

愛讀文言經典十二篇　金耀基題

封面及扉頁
金耀基教授題字

金耀基
中央研究院院士
香港中文大學前任校長

要認識和欣賞篇章，
你必須讀通、讀透它；
要考試獲得好成績，
你必須熟讀、熟記它。〔注〕

熟讀、熟記了篇章的內容，
考試時根據篇章的內容加以發揮，
任何方式的問題都難不倒你。

一般讀者熟讀、熟記經典篇章，
腹有詩書氣自華，可提升文化修養。

本書用獨特的愛讀式排版，
幫助你達到以上的目標。

在學校，你有又大又厚又重、內容豐富、圖文並茂、彩色精印的教科書；本書無意取代這類教科書。不過，你有這本《愛讀文言經典十二篇》，一經接觸，就會認為它是熟讀、熟記十二個篇章的最佳讀本——是平時必備的書，是參加DSE考試必備的書。

〔注〕香港教育局的課程指引中，用了「熟記文言經典作品」一詞，意思是學生要「熟記」（意思和「背誦」差不多）這些篇章或其精華片段。

致讀者

——把「愛讀式」獻給中學的老師和同學
以及要熟讀熟記中國文學經典的一般讀者

香港教育局制定的高中中國語文課程,於 2015-16 學年的中四(即高中一)開始,「加入十二篇指定文言經典學習材料,讓學生透過熟記文言經典作品的精華片段,理解文意及掌握篇中文學、文化內涵,以加強語文積澱,進一步提升語文素養」(見香港教育局的相關文件)。這十二篇文言經典作品,列入香港「中學文憑考試」(DSE)的範圍內。

本書編著者認為這些篇章確是經典。經典作品有其恒久的思想和藝術價值。青年學生應該好好學習,應該熟讀、熟記經典的內容,能背誦全文或其精華片段最好。要加強認識中國文學經典的一般讀者,也應該熟讀、熟記以至背誦這些篇章。「腹有詩書氣自華」!

本書的內容就是這十二篇文言經典作品,以及其注釋(包括注音)、導讀和語體文翻譯,其特色如下:

1. 本書由資深教授和資深編輯合作編寫、校閱,內容充實允當。

2. 本書有「三精」:**精當的語譯、精要的注釋、精簡的導讀。**

3. **本書最大的優點是用「愛讀式」排版**,這是個革新性、有知識產權的排版方式。「愛讀式」的特色是:篇章文句分行編排,文句的語譯、注釋(包括注音)、導讀,都貼近原文,對應出現,讀者不用翻揭書頁四處去尋找。一般的語文書籍,其原文、注釋、語譯則分隔編排,原文(原文句子不分行)某個句子的注釋和語譯,究竟在哪裏,要花時間在文字堆中尋尋覓覓。本書迥然不同,為讀者節省寶貴的學習時間。

4. 用「愛讀式」排版的其他優點是:短的篇章,全部文字一整塊呈現;較長的篇章,則一整段一整段呈現;讀者可一目了然、整體把握。對仗式、排比式句子,排版時呈現其工整的對仗、排比的句式;這有利於對篇章語法和修辭的認識。本書各個篇章的不同部件——原文、作者簡介、篇章導讀(包括題解、點評)、段落大意、注釋、語譯——如何安置,本書的第一篇有示例式注明,請參看。

讀者會清楚看到,原文是「主角」,獲得最顯著的標示;原文是熟讀、熟記的對象。

5. 本書有了以上的特色,讀本書,於是有**方便閱讀、加強理解、有利記憶**的三大好處。

6. 很多書籍都圖文並茂,各級學校的課本尤其如此。圖文並茂是好的(但製作得太華麗繽紛,以至圖片這「喧賓」奪去了文字這「默默的主人」,就過分了)。現今是圖像發達的時代,各種圖像資料在課本、在圖書館、在書店、在網上隨處可得;本書為了減少篇幅(我們不求厚而求薄)、為了減低製作成本,乃以「純文字」形式出現。這是本書又一個特別之處。不過,本書令讀者集中精神於文字,是好的。文字是文化的最重要載體,讓大家來個「純文字」閱讀!請注意,本書沒有取代學校所用的課本之意。

7. 把考試範圍內的這十二篇作品讀得滾瓜爛熟,對其內容融會貫通,這樣「打了底」;那麼,無論考試時有甚麼試題,考生就都能夠根據篇章內容作答,並加以發揮、議論,而不會被難倒。所以說,本書是香港中學生必備的讀本。

8. 本書篇幅少,薄薄一冊,攜帶輕便,在學校、家中、車裏⋯⋯可隨時隨地熟讀、熟記、背誦;爭分奪秒溫習篇章應付考試的同學,除了本書之外,還有更佳的選擇嗎?

9. 一般讀者如要提高文化修養,要牢牢地記住一些經典篇章的內容,本書也是極佳的讀本。

各位愛讀本書的老師、同學、朋友,請向你們認識或不認識的老師、同學、朋友推薦本書。如果在書店買不到本書,請直接來電郵 szwlwong@163.com 購買。詳情請閱本書版權頁。

本書排版成本高昂,現在新面世,為了推廣,定價低廉;首批印製的書售罄後,本書再印推出,定價可能略為提高。敬請垂注。

本書內容如有不盡妥善之處,敬請各位讀者指教。對本書「愛讀式」排版的方式,有甚麼意見,也請不吝提出。謝謝閱讀本書。

[附說] 快樂地,像自由戀愛一樣背誦經典

教師、家長和學生,都希望學習是快樂的;然而,這可以是真

的嗎？有很多很多人一生以讀書為樂，一般的莘莘學子，一般認為讀書是辛苦又辛苦的學子，卻不這樣想。這裏只說：學習我國的古代詩文，可以是快樂的嗎？

深入學習古代詩文，最好是深入到能夠背誦。有好的讀本，有學問充實、教法靈活風趣的教師，來教導學生，學生天賦好而且個性喜愛文學，他們熟讀熟記經典以至朗朗成誦，不是問題。如果不是這樣的學生，教師就應採用別的方式，來鼓勵他們盡量背誦經典。

讓學生學習進而背誦的古代詩文，要避免詰屈聱牙的篇章，宜多選語言較為平易之作。中國的文學遺產極為豐厚，學生能吸收其百一、千一，已受用不盡。教師應根據課程講授指定的篇章，讓學生認識、熟讀，吸收其內容精要。背誦呢，教師不宜嚴格指定某些篇章，讓學生篇篇都背誦；而應在較大的範圍內，讓學生自由選擇他們喜愛的篇章，如自由戀愛一般，讓他們與這些古代詩文發生親密的關係，把經典擁有了。

怎麼規定選擇的比例？十選其五、六，以至十選其三、四，應該是適宜的。舉個例，在中學的某年級，教師在《出師表》、《桃花源記》、《師說》、《始得西山宴遊記》、《岳陽樓記》、《前赤壁賦》、《醉翁亭記》、《愛蓮說》，以及李、杜、蘇、辛等的詩詞篇章中，讓學生自由選擇其三、五篇，熟讀而背誦之，豈不是語文的澱粉、蛋白、脂肪、維生素都具備了嗎？連大學中文系學生對文學遺產的繼承，都只是太倉中取其幾顆粟粒而已；中學的教師，何必要學生十全十美呢？

不必十全十美，連三美三全也沒有必要。學生能每篇由頭到尾一字不漏的背誦，當然最好；學生能領會全文旨趣，吸收其語文營養，可是對原文只能背個七、八成，甚至四、五成，教師也應感欣慰了。

這是較為快樂地學習、背誦經典的一個方法。

（以上節錄、改寫自黃維樑的《快樂地學習語文》一文）

目錄

致讀者

1　論仁、論孝、論君子　《論語》

↓ 題解

孔子（約前 551—約前 479），名丘，字仲尼，春秋末期魯國人，開創儒家學派。他的學說強調仁義，主張以德服人、施行仁政，對後世影響極大。他開啟私人講學風氣，使教育由上層社會走向平民化，他主張有教無類、因材施教，後世尊為「萬世師表」。

《論語》是孔子和弟子們講學論道的語錄。《論仁》、《論孝》和《論君子》是從《論語》一書不同篇章中選輯出來的。通過孔子的話以及他和弟子的對答，揭示了「仁」、「孝」和「君子」的含義。「論」是討論、談論的意思。「仁」是孔子思想的核心，是做人最高的道德標準；「孝」是子女應盡的本分；「君子」則是品德高尚、才能出眾的人，它是孔子提倡的理想人物。

第一則
仁者安於仁道，不仁者不能久處貧困。

↑ 段落大意

孔子說：「不仁的人，不可以長久地處身窮困的環境，不可以長久地過安樂的生活。有仁德的人，安心地實行仁德；有智慧的人，認識到實行仁德有利而實行仁德。」

第二則
君子時刻堅守仁德。

孔子說：「富有和顯貴，是人人盼望的；如果不是用正當的方法得到它，便不接受。貧困和卑賤，是人人厭惡的；如果不是用正當的方法擺脫它，便不逃避。君子拋棄了仁德，還憑甚麼來成就名聲呢？君子即使吃一頓飯那麼短暫的時間也不會離開仁德，即使在倉卒匆忙的時候，也必定堅持仁德，在困頓流離的時候，也必定堅持仁德。」

↑ 語譯

甲 《論仁》

《論仁》有四則，每則大意如下： ← **段落大意**

一、仁者安於仁道，不仁者不能久處貧困。

二、君子時刻堅守仁德。

三、行仁要克己復禮。

四、志士仁人願殺身成仁。

原文 ↓	注釋 ↓	點評 ↓

（一）子曰：「不仁者，
　　　不可以久處約，
　　　不可以長處樂。
　　　仁者安仁，
　　　知者利仁。」
　　　　　　——《里仁》第四

處：置身。

不仁者不守禮義，久處窮困必為非作歹，長處安樂必驕奢淫逸。

仁者實行仁德而心安；智者認識到實行仁德而得到利益。

（二）子曰：
　　「富與貴，是人之所欲也；
　　不以其道得之，不處也。
　　貧與賤，是人之所惡也；
　　不以其道得之，不去也。
　　君子去仁，惡乎成名？
　　君子無終食之間違仁；
　　造次必於是，
　　顛沛必於是。」
　　　　　　——《里仁》第四

處：這裏指享用。

這裏一前一後兩個「得」字，意義不同，宜注意。

君子是要時刻實踐仁，任何環境也不離開仁。

現今這個社會，物質非常發達，人人都要富貴，以致不擇手段去獲得富貴。孔子的話，真如暮鼓晨鐘。

第三則
行仁要克己復禮。

顏淵請教仁的道理。

孔子說：「抑制自己，使言行都復歸於禮，就是仁。

一個人一日能夠抑制自己，使言行都復歸於禮，天下的人都讚許他是個仁人，

實行仁德要靠自己，難道能靠別人嗎？」

顏淵說：「請問為仁的條目。」

孔子說：

「不合禮的事就不看，

不合禮的事就不聽，

不合禮的事就不說，

不合禮的事就不做。」

顏淵說：

「我雖然不聰明，但願意實踐這番話。」

第四則
志士仁人願殺身成仁。

孔子說：「有節操的人和有仁德的人，

不因為貪生而損害仁德，

只有犧牲自己來成全仁德。」

4

（三）顏淵問仁。

子曰：「克己復禮為仁。

一日克己復禮，天下歸仁焉。

為仁由己，而由人乎哉？」

顏淵曰：「請問其目。」

子曰：

「非禮勿視，

非禮勿聽，

非禮勿言，

非禮勿動。」

顏淵曰：

「回雖不敏，請事斯語矣。」

——《顏淵》第十二

顏淵：孔子弟子，名回。德行好。

可和第二則的說法參照。

這則可見仁和禮的關係。抑制自己，使言行都合於禮，做到視、聽、言、動都依禮而行，就是仁的 基本要求。

（四）子曰：「志士仁人，

無求生以害仁，

有殺身以成仁。」

——《衛靈公》第十五

無：不因為。

志士仁人認為仁德比生命更重要。

仁是孔子學說的核心，也是儒家道德觀的最高標準，涵蓋各種德行。行仁要克己復禮，並時刻堅守仁德，在必要的時候，甚至可以放棄生命，成就仁德。

第一則
孝必須配合禮。

孟懿子問甚麼是「孝」

孔子回答說：「不要違背！

樊遲駕車時，孔子告訴他說

「孟孫問我甚麼是『孝』

我回答他說：不要違背！

樊遲說：「這是甚麼意思呢？

孔子說：「長輩活着的時候，要以禮來侍奉他們

長輩去世後，要以禮來安葬他們，以禮來祭祀他們。

第二則
孝必須存敬意。

子游問甚麼是「孝」

孔子說：「現在人講的孝，只是能供養父母就算盡孝道了

但是狗和馬，一樣能得到飼養

如果對父母沒有恭敬的心，供養父母跟養狗、養馬又有甚麼分別？

第三則
侍奉父母之道。

孔子說

「侍奉父母時，（父母若有錯誤）應婉轉地勸告

如果自己的意見不獲父母接受，也要恭敬而不冒犯他們

雖然擔憂但不怨恨。

第四則
子女要知道父母年齡。

孔子說

「父母的年齡，不可以不知道

一方面（因他們健康長壽而）高興

一方面（因他們年紀大形體漸衰而）擔憂。

6

乙　《論孝》

《論孝》有四則，每則人意如下：

一、孝必須配合禮。　　　　　三、侍奉父母之道。

二、孝必須存敬意。　　　　　四、子女要知道父母年齡。

（一）孟懿子問孝。	**孟懿子**：魯國大夫。
子曰：「無違。」	
樊遲御，子告之曰：	**樊遲**：孔子弟子，名須。
「孟孫問孝於我，	**御**：駕車。
我對曰，無違。」	
樊遲曰：「何謂也？」	「無違」是無違於禮的意思。孔子說無違於禮就是孝，可見「禮」中蘊含着「孝」的內在要求，而「禮」也是「孝」的一種外在表現。
子曰：「生事之以禮；	
死葬之以禮，祭之以禮。」	
——《為政》第二	
（二）子游問孝。	**子游**：孔子弟子，姓言名偃，字子游。
子曰：「今之孝者，是謂能養。	
至於犬馬，皆能有養；	實踐孝道必須心懷敬意。
不敬，何以別乎！」	
——《為政》第二	孟懿子、樊遲和子游都向孔子請教孝道，孔子的回答各有不同，表現出他「因材施教」的教育理念。
（三）子曰：	
「事父母幾諫，	**幾**：委婉。
見志不從，又敬不違，	
勞而不怨。」	**勞**：擔憂。
——《里仁》第四	勸諫父母時要委婉，即使不獲接納也要恭敬。可以和上一則參照。
（四）子曰：	知道父母的年齡也是關心和孝順父母的表現。
「父母之年，不可不知也。	
一則以喜，	仁是孔子思想的核心，孝是實踐仁的基礎。人皆有父母，孝順父母是行仁的第一步。
一則以懼。」	
——《里仁》第四	

第一則
君子應有的品行。

孔子說：「君子不莊重，
就沒有威嚴，學問的基礎也不穩固。
行事以『忠』和『信』為原則。
不跟自己不同道的人交朋友。
有了過錯，就不要害怕改正。」

第二則
君子心胸廣闊，
小人常憂愁。

孔子說：
「君子心胸舒坦寬廣，
小人常常憂愁不安。」

第三則
君子無憂無懼。

司馬牛問怎樣才算是君子。
孔子說：「君子不憂愁，不恐懼。」
司馬牛再問：「不憂愁，不恐懼，這就是君子了嗎？」
孔子說：「自我反省，不覺得慚愧，又還有甚麼值得憂愁恐懼呢？」

第四則
君子成人之美，
小人則相反。

孔子說：
「君子成全別人做好事，不幫別人做壞事
小人正好相反。」

丙 《論君子》

《論君子》有八則，每則大意如下：

一、君子應有的品行。　　　　　五、君子以言過其行為可恥。

二、君子心胸廣闊，小人常憂愁。　六、君子的言行以禮義為依歸。

三、君子無憂無懼。　　　　　　七、君子重才能，不在乎別人理解。

四、君子成人之美，小人則相反。　八、君子嚴於律己，小人苟於責人。

（一）子曰：「君子不重，
　　　　則不威，學則不固。
　　　　主忠信。
　　　　無友不如己者。
　　　　過則勿憚改。」
　　　　　　　　——《學而》第一

主：以……為主。

53 行或解作：不要結交
那些（品德）比不上自己
的人。但若如此，勝過自己
的人豈願和自己交友？

（二）子曰：
　　　「君子坦蕩蕩，
　　　　小人長戚戚。」
　　　　　　　——《述而》第七

結合上下兩則，君子「主忠信」，
「內省不疚」，「不憂不懼」，
所以心胸舒坦寬廣。

（三）司馬牛問君子。
　　　子曰：「君子不憂不懼。」
　　　曰：「不憂不懼，斯謂之君子矣乎？」
　　　子曰：「內省不疚，夫何憂何懼？」
　　　　　　　——《顏淵》第十二

司馬牛：孔子弟子，複姓司馬，
名耕。

君子能自我反省，做事以合乎
道義為原則，問心無愧，所以
心境坦然自足，無憂無懼。

（四）子曰：
　　　「君子成人之美，不成人之惡。
　　　　小人反是。」
　　　　　　　——《顏淵》第十二

是：此。反是，與此相反。

9

第五則
君子以言過其行
為可恥。

孔子說：「君子認為自己說話多於行動是可恥的。

第六則
君子的言行以禮義
為依歸。

孔子說
「君子做事以合乎道義為原則
依照禮法來實行它
以謙遜的言語說明它
以誠信的態度完成它
這是真君子呀！

第七則
君子重才能，不在乎
別人理解。

孔子說：「君子擔憂自己沒有才能
不擔憂別人不了解自己。

第八則
君子嚴於律己，
小人苛於責人。

孔子說
「君子要求自己做得好
小人責備別人。

（五）子曰：「君子恥其言而過其行。」
——《憲問》第十四

君子必須言行相符，言出必行。

（六）子曰：
　　「君子義以為質，
　　　禮以行之，
　　　孫以出之，
　　　信以成之。
　　　君子哉！」
——《衞靈公》第十五

孫：同「遜」。

君子行事以道義為根本，在合禮、謙遜、誠信三方面表現出來。

（七）子曰：「君子病無能焉，
　　　不病人之不己知也。」
——《衞靈公》第十五

君子只憂慮自己沒有才能德行，至於別人是否了解自己，並不重要。君子進德修業，貴實不貴名。

（八）子曰：
　　「君子求諸己，
　　　小人求諸人。」
——《衞靈公》第十五

求：要求，責備。
諸：「之於」二字的合音。

第二、四、八各則，都拿君子和小人來對比，可見對比是說理的一個常用手法。不過，人物和事物，很少是黑白、是非兩者分得清清楚楚的，我們宜注意。

《論語》屬語錄體，內容主要是記言，多是簡短的談話和問答，說話直接記錄成文，各段說話之間不必有聯繫。特點是用語簡潔精要，觀點鮮明。以上甲、乙、丙三部分是選輯，每部分有其主題。

11

2　魚我所欲也　　孟子

孟子（約前 372 — 約前 289），名軻，戰國鄒（今山東鄒縣）人。著名思想家、教育家。他是子思（孔子的孫）的再傳弟子，繼承並發展孔子的學說，人稱「亞聖」。他晚年與門人合著《孟子》，所作文章氣勢磅礡、長於比喻，辭鋒銳利。

本篇選自《孟子‧告子上》。本文藉着「魚」和「熊掌」的取捨，進而討論人生價值的取捨，逐步說明「義」的重要性，闡釋了儒家思想中「捨生取義」的觀點。「義」是儒家最重視的道德價值，是人皆有的，就是堅持做合宜和正當的事，不顧個人的利害得失。為了維護這道德價值，孟子認為應不惜放棄一切名位財富，甚至放棄生命。這就是「義利之辨」。

第一段
用「魚與熊掌」的比喻，提出「捨生取義」的道理，並從正反論述，說明「捨生取義」是人人都有之心。

孟子說
「魚，是我喜愛的
熊掌，也是我喜愛的
如果這兩者不能同時得到，只好捨棄魚而取熊掌
生命，是我喜愛的
義，也是我喜愛的
如果這兩樣不能同時得到，只好捨棄生命而選取義
生命本是我喜愛的
但是還有比生命更為我所喜愛的，所以我不做苟且的事以保全生命
死亡本是我所厭惡的
但是還有比死亡更為我所厭惡的事，所以有些禍害我不去躲避
如果人所喜愛的沒有比生命更重要
那麼凡是可以保存生命的方法，怎會不使用的呢
如果人所厭惡的沒有比死亡更厲害的
那麼凡是可以避免禍害的方法，怎會不去做呢
照這樣做，就可以保全生命，有人卻不肯去做
照這樣做，就可以避免禍害，有人卻不肯做
由此可知有比生命更值得喜愛的事物
也有比死亡更令人厭惡的事物
這種心態不僅僅賢人有，而是人人都有
不過賢人能夠保持而不讓它喪失罷了

《魚我所欲也》原文可分為兩段，段落大意如下：

第一段：用「魚與熊掌」的比喻，提出「捨生取義」的道理，並從正反論述，說明「捨生取義」是人人都有之心。

第二段：從正、反兩面舉例，以及對比論證，指出見利忘義就是喪失本心。

第一段

孟子曰：
「魚，我所欲也，
熊掌，亦我所欲也；
二者不可得兼，舍魚而取熊掌者也。
生亦我所欲也，
義亦我所欲也；
二者不可得兼，舍生而取義者也。
生亦我所欲，
所欲有甚於生者，故不為苟得也；
死亦我所惡，
所惡有甚於死者，故患有所不辟也。
如使人之所欲莫甚於生，
則凡可以得生者，何不用也？
使人之所惡莫甚於死者，
則凡可以辟患者，何不為也？
由是則生而有不用也；
由是則可以辟患而有不為也，
是故所欲有甚於生者，
所惡有甚於死者。
非獨賢者有是心也，人皆有之，
賢者能勿喪耳。

舍：同「捨」。
用比喻帶出本文中心論點：「捨生取義」。
可參看：「子曰：『志士仁人，無求生以害仁，有殺身以成仁。』」同樣說明道德比生命更重要。

惡：動詞，厭惡。
辟：同「避」。

8 至 11 行正面論述，說明「捨生取義」是人的本性。
12 至 21 行是反面假設，說人明知可以苟且偷生和避免禍害卻不肯去做，可見義比生命更重要，論證「捨生取義」是人人本來皆有之心。

第二段
從正面舉例和反面舉例，
以及對比論證，指出見利
忘義就是喪失本心。

一小簞食物，一小碗帶汁的肉

得到便能活下來，得不到便會餓死

呼喝着給予人，就是過路的餓人都不會接受

腳踏過再給予人，就是乞丐也不屑於接受

然而如果有萬鍾的厚祿，有些人卻不分辨是否合乎禮義就接受了

那萬鍾厚祿對我有甚麼好處呢

是為了房屋的華麗，妻妾的供養，或者讓我認識的窮困者感激我嗎

過去寧願死亡而不接受的，今天卻為着房屋的華美而接受了

過去寧願死亡而不接受的，今天卻為着妻妾的侍奉而接受了

過去寧願死亡而不接受的，今天卻為着讓我所認識的窮困者感激自己而接受了

這些行為不也可以停止的嗎

這叫做喪失了本心。

14

一簞食，一豆羹，
得之則生，弗得則死。
嘑爾而與之，行道之人弗受；
蹴爾而與之，乞人不屑也；
萬鍾則不辯禮義而受之。
萬鍾於我何加焉？
為宮室之美、妻妾之奉、所識窮乏者得我與？
鄉為身死而不受，今為宮室之美為之；
鄉為身死而不受，今為妻妾之奉為之；
鄉為身死而不受，今為所識窮乏者得我而為之，
是亦不可以已乎？
此之謂失其本心。」

豆：盛食物的器皿。
羹：帶汁的肉。

嘑：同「呼」。
蹴：踐踏。(粵)音[促]；
(普) cù。
萬鍾：形容數量極多，指豐厚
的俸祿。鍾，古代容量單位。
得：感激。
鄉：通「嚮」，從前。

已：停止。
本心：即良心、本性。朱子
曰：「本心，謂羞惡之心。」

2至25行舉例證明義比生命
加重要，這是人之本心。
至28行舉出一些見利忘義的
子。
至32行指出由過去守義而
成貪利，就是失去本心。

29行至32行是排比句，充滿氣勢，
鏗鏘有力。第33行以斬釘截鐵的
語氣作結，感情強烈，表現出大義
凜然的氣概。

乞丐面對侮辱，不屑接受
食物，寧願餓死，他的
行為體現了義，為堅持
原則而放棄生命，也是
沒有喪失本心。

本篇可參看孟子論「四端」：
孟子認為人皆有四端：惻隱、羞惡、恭敬、是非。四端是人本性中
仁、義、禮、智四種美德的開端和萌芽。
《孟子‧告子上》：
「無惻隱之心，非人也；無羞惡之心，非人也；無辭讓之心，非人也；
無是非之心，非人也。惻隱之心，仁之端也；羞惡之心，義之端也；
辭讓之心，禮之端也；是非之心，智之端也。人之有是四端也，
猶其有四體也。」
人必須保持和培育這四端，才可以成就仁、義、禮、智四種美德，
保國安民。

3 逍遙遊（節錄）　莊子

莊子（約前 369 — 約前 286），名周，戰國中葉宋國蒙城（今河南商丘縣東北）人。著名思想家，為道家代表人物。他曾做過漆園小吏，貧居終生。著有《莊子》，計《內篇》七篇、《外篇》十五篇、《雜篇》十一篇。一般認為《內篇》為莊子所作，其他屬門人或後學所著。

本篇節錄自《莊子・內篇・逍遙遊》，「逍遙」是悠然自在、無掛無礙的樣子。「遊」是「心之遊」，是一種精神活動。莊子認為，人應該去除成見，順應自然，打破功名利祿等的束縛，使精神活動達到悠然自在，無掛無礙的境界。本篇是《逍遙遊》的最後兩段，通過惠施與莊子的對話，說明「用大」與「無用之用」的意義。

第一段
莊子藉着惠子與自己對大瓠的不同處理方式和不龜手藥的故事，說明「用」有大小之別。

惠子對莊子說
「魏王送我一顆大葫蘆的種子
我種植它成長，結出果實有五石容量那麼大
用來盛水，它的堅固程度卻不能拿起來
把它剖開來做瓢，則瓢身太大，沒有容納它的地方
它不是不大，但我認為它沒有用處，就把它打碎了。

莊子說
「你真是不善於用大的東西啊
宋國有一個人善於製造使手不龜裂的藥
他家世世代代都以漂洗絲絮為業
有一個客人聽聞這種藥，願意出百金收買他的藥方
這個宋國人聚集全族商量說
『我們家世世代代漂洗絲絮，所得只不過數金
現在一旦賣出藥方便可得百金，就賣給他吧。
這個客人得到藥方後，便去遊說吳王
這時越國興兵犯境，吳王派他擔任將領
在冬天和越人水戰，大敗越人，於是吳王割地封賞他
同樣是一個使手不龜裂的藥
有人因此得到封賞
有人卻只是用來漂洗絲絮
這就是使用方法的不同啊

《逍遙遊》（節錄）原文可分為兩段，段落大意如下：

一段：莊子和惠子的對話，通過大瓠和不龜手兩故事，說明「用」有大小之別。

二段：莊子與惠子論辯樗樹的用途，他並以「狸狌」與「斄牛」為例，說明「無用
　　　之用」的意義。

一段

惠子謂莊子曰：
「魏王貽我大瓠之種，
我樹之成而實五石。
以盛水漿，其堅不能自舉也。
剖之以為瓢，則瓠落無所容。
非不呺然大也，吾為其無用而掊之。」
莊子曰：
「夫子固拙於用大矣！
宋人有善為不龜手之藥者，
世世以洴澼絖為事。
客聞之，請買其方百金。
聚族而謀曰：
『我世世為洴澼絖，不過數金；
今一朝而鬻技百金，請與之。』
客得之，以說吳王。
越有難，吳王使之將，
冬與越人水戰，大敗越人，裂地而封之。
能不龜手一也；
或以封，
或不免於洴澼絖，
則所用之異也。

惠子：姓惠名施，宋人，曾任魏相，是莊子的朋友。

大瓠：大葫蘆瓜。瓠：(粵)音[胡]；(普) hù。

石：古代容量單位，十斗為一石。(粵)音[擔]；(普) dàn。

瓠落：同「廓落」，大貌。瓠：(粵)音[獲]；(普) huò。

呺然：外大而中空的樣子。呺：(粵)音[囂]；(普) xiāo。

掊：擊破。(粵) pau2；(普) pǒu。

龜：通「皸」。皮膚因寒冷而裂開。(粵)音[軍]；(普) jūn。

洴澼絖：漂洗絲絮。(粵)音[評][辟][鄺]；(普) píng pì kuàng。

鬻：賣。(粵)音[育]；(普) yù。

由於「客」有不龜手藥，所以吳國士兵能在水戰中大敗越人，「客」也因此獲得封賞土地。

「用」有大小之別。「宋人」固守成見，只知不龜手藥的小用，不懂其大用，故效果小；「客」則思想靈活變通，知道它的大用故效果大。惠子以大瓠為瓢又打碎它，也只是知它的小用，而拙於用大。

現在你有五石容量的葫蘆，為甚麼不繫着當腰舟而浮游於江湖
反而憂慮沒有容納它的地方
可見你的心還是茅塞不通啊！

第二段
莊子與惠子論辯樗樹的用途，他並以
「狸狌」與「犛牛」為例，說明
「無用之用」的意義。

惠子對莊子說
「我有一棵大樹，大家都叫它做『樗樹』
它的主幹有很多贅瘤，不合繩墨
它的小枝彎彎曲曲，不合規矩
它生長在路上，木匠都不看它一眼
現在你的言論，大而無用，大家都拋棄的。
莊子說
「你沒有看見野貓和黃鼠狼嗎
牠們蹲下身體伏着，等待走過的小動物
捕獵時東西跳躍，不避高低
往往踏中機關，死於羅網之中
再看那犛牛，龐大的身子好像天邊的雲
牠可說是功能很大了，但不能捉老鼠
現在你有這麼一棵大樹，還擔憂它沒有用處
為甚麼不把它種在在寬曠無人的鄉間、廣闊無邊的野外
人悠然自得地徘徊在樹旁，優遊自在地躺在樹下
它不受斧頭砍伐，沒有東西來侵害
它沒有甚麼用處，又會有甚麼禍害呢？

今子有五石之瓠，何不慮以為大樽而浮於江湖，
而憂其瓠落無所容？
則夫子猶有蓬之心也夫！」

二段
惠子謂莊子曰：
「吾有大樹，人謂之樗。
其大本擁腫而不中繩墨，
其小枝卷曲而不中規矩。
立之塗，匠者不顧。
今子之言，大而無用，眾所同去也。」
莊子曰：
「子獨不見狸狌乎？
卑身而伏，以候敖者；
東西跳梁，不辟高下；
中於機辟，死於罔罟。
今夫斄牛，其大若垂天之雲；
此能為大矣，而不能執鼠。
今子有大樹，患其無用。
何不樹之於無何有之鄉、廣莫之野，
彷徨乎無為其側，逍遙乎寢臥其下。
不夭斤斧，物無害者。
無所可用，安所困苦哉？」

慮：繫縛。

蓬之心：比喻不能通達事理，
像蓬草般閉塞的心。蓬：一種
拳曲不直的草。

> 莊子以大瓠為腰舟，浮游於江湖，
> 就不用憂心它大而無處可容。
> 他善於用大，且懂得它的大用。

樗：一種落葉喬木。(粵)音[舒]；
(普) chū。

擁腫：同「臃腫」。

> 惠子批評莊子之言「大而無用」，
> 就像臃腫彎曲的樗樹，被人拋棄。

狸：野貓。

狌：同「鼪」，黃鼠狼。(粵)音[生]；
(普) shēng。

敖者：指走過的小動物。敖：同「遨」。

機辟：捕捉鳥獸的工具。

斄牛：牦牛。斄：(粵)音[梨]；
(普) lí。

> 無何有之鄉比喻體會大道
> 之後逍遙自在、無拘無束
> 的精神境界。

子以狸狌和斄牛來回應惠子。
狌小而敏捷，善於捕獵，看似「有用」；斄牛體大笨拙，不能捕鼠，
似「無用」。但狸狌死於羅網，斄牛卻免受侵害；可見斄牛的「無用」，
是有用，這就是「無用之用」。莊子藉此說明東西是否「有用」，不應
看它的大小和世俗的實用價值。
子接着指出，樗樹看似「無用」，但可免於砍伐侵害，對它而言，
是有用；而且把它種在鄉野，它能讓人在樹下徘徊躺臥，更是有用。
樣是「無用之用」。

> 莊子也借狸狌警醒才智
> 之士，不要自恃機巧，
> 炫耀才華，否則會招人
> 之忌，陷於險境或成為
> 犧牲品。

4　勸學（節錄）　荀子

荀子（約前 313 — 約前 238），名況，又稱荀卿、孫卿。戰國後期趙國（今河北省南部）人。著名思想家，與孟子同是儒家學派代表人物。他曾遊學於齊，講學於稷下（今山東臨淄），三次擔任學宮主持人。後至楚，任蘭陵令。免官後定居蘭陵，著述講學終老。著有《荀子》三十二篇，一般認為最後六篇由他的門人弟子所記。

本篇節錄自《荀子·勸學》。「勸學」就是勸勉、鼓勵學習的意思。本篇是《荀子》的第一篇，可見荀子特別重視「學」，這和他主張的「性惡論」有關。荀子認為人性本惡，喜好利欲、聲色，只有通過後天學習，才可以化惡為善，故此特別強調後天學習的重要。本篇開宗明義提出「學不可以已」的立論，然後用大量比喻與例證，正反對比，說明學習的重要、學習的方法和效用、學習應有的態度。

第一段

闡明學習的意義：先提出「學不可以已」的論點，並以多個比喻說明學習的重要，指出學習能夠「知明而行無過」。

君子說：學習是不可以停止的

靛青，是從藍草中提取的，卻比藍草的顏色還要青

冰，是水凝固而成的，卻比水還要寒冷

木材直得合於墨線的標準，把它烤彎做成車輪，它的彎度便合於圓規的標準了

即使再經火烤曝曬，也不會再挺直，這是火烤造成的結果

故此木材經過墨線糾正後就會變得筆直

金屬製成的刀劍在磨刀石上打磨過就會鋒利

君子廣博地學習並且每天檢驗省察自己

智慧就會高明，品行也不會有過失了

第二段

指出學習的方法和效用：說明借助後天環境與條件，可以改善先天本質。君子天資並不異於常人，只是善於借助後天學習才成為君子。

我曾經整天地思索，但不如片刻學習的所得

我曾經踮起腳跟遠望，但不如登上高處看得廣闊

登上高處招手，手臂並沒有加長，但是很遠的人都可以看得見

順着風向呼喊，聲音並沒有更加響亮，但人們卻聽得很清楚

借助車馬的人，並不是善於走路，卻能到達千里外的地方

借助船隻的人，並不是善於游泳，卻能渡過江河

君子本性與常人無異，只是善於借助後天學習罷了

《勸學》（節錄）原文可分為三段，段落大意如下：

第一段：闡明學習的意義：先提出「學不可以已」的論點，並以多個比喻說明學習的
　　　　重要，指出學習能夠「知明而行無過」。

第二段：指出學習的方法和效用：說明借助後天環境與條件，可以改善先天本質，
　　　　君子天資並不異於常人，只是善於借助後天學習才成為君子。

第三段：說明學習的態度：強調「累積」，只要累積善行，就能神智從容，具備聖人的
　　　　修養；學習還要「不捨」和「專一」。

第一段

君子曰：學不可以已。
青，取之於藍，而青於藍；
冰，水為之，而寒於水。
木直中繩，輮以為輪，其曲中規；
雖有槁暴，不復挺者，輮使之然也。
故木受繩則直，
　金就礪則利，
君子博學而日參省乎己，
則知明而行無過矣。

第二段

吾嘗終日而思矣，不如須臾之所學也；
吾嘗跂而望矣，不如登高之博見也。
登高而招，臂非加長也，而見者遠；
順風而呼，聲非加疾也，而聞者彰。
假輿馬者，非利足也，而致千里；
假舟楫者，非能水也，而絕江河。
君子生非異也，善假於物也。

第 1 行開門見山，提出全文的中心
論點。

君子：有學問和道德修養的人。
已：停止。

輮：同「煣」，以水浸木，再用
火烤，使木彎曲變形。(粵)音
[柔]；(普) róu。
有：同「又」。
槁暴：槁：烘烤。暴：曝曬。

6 至 7 行的比喻帶出下文「博學」
和「參省」的重要。

參省：參：檢驗。另一解釋是同
「三」，多次。省：省察。(粵)音[醒]；
(普) xǐng。

第 8 至 9 行揭示學習的重要。

跂：同「企」，提起腳後跟站立。

12 及 13 行是對偶句，14 及 15 行
也是對偶句。
12 至 15 行的比喻說明借助外物
的重要。

生：同「性」，本性。
君子善假於物，物指後天學習。

21

第三段
說明學習的態度：強調
「累積」，只要累積
善行，就能神智從容，
具備聖人的心志；學習
還要「不捨」和「專一」。

積聚土石而成高山，風雨便從那裏興起

匯聚水流而成深淵，蛟龍便在那裏生長

累積善行養成美德，就能達到神智從容的境界，具備聖人的修養

因此不一步步累積，就不能走到千里之遠

不匯聚小水流，就不能成為江海

駿馬一躍，無法跳出十步遠

劣馬連走十天，也能到達很遠的地方，成功的關鍵就在於堅持不放棄

雕刻時如果半途放棄，朽木也不會折斷

不停的雕刻，金屬和石頭也可以雕鏤成功

蚯蚓沒有銳利的爪牙，沒有堅強的筋骨

能夠向上吃地面土壤，向下喝地下泉水

這是由於用心專一的緣故

螃蟹有六隻腳和兩隻螯

但是除了蛇和鱔的洞穴，沒有容身的地方

這是由於浮躁不專心的緣故啊

積土成山，風雨興焉；

積水成淵，蛟龍生焉；

積善成德，而神明自得，聖心備焉。

故不積跬步，無以至千里；

　不積小流，無以成江海。

騏驥一躍，不能十步；

駑馬十駕，功在不舍。

鍥而舍之，朽木不折；

鍥而不舍，金石可鏤。

螾無爪牙之利、筋骨之強，

上食埃土，下飲黃泉，

用心一也。

蟹六跪而二螯，

非蛇蟺之穴無可寄託者，

用心躁也。

17 至 19 行是排比句，說理時
條理分明，增強語言的氣勢。

神明自得：指神智澄明從容。
聖心備：指具備聖人的心志。
跬：半步。(粵)音[規 2]；(普) kuǐ。

17 至 21 行強調累積的重要。

十駕：十天的路程。
鍥：雕刻。(粵)音[揭]；(普) qiè。
鏤：雕飾。(粵)音[漏]；(普) lòu。
螾：同「蚓」，蚯蚓。

22 至 25 行強調不捨的重要。

跪：足部。
蟺：同「鱔」。

26 至 31 行強調專一的重要。

本段用了三個對比：
1. 「騏驥」與「駑馬」對比，說明知識累積，先天質素比不上後天
　努力重要；
2. 「鍥而舍之」與「鍥而不舍」對比，說明持之以恆，才可成功；
3. 「螾」與「蟹」對比，說明用心專一的重要。

本篇句式整齊，有大量對偶的句子，同時作者又在對偶句中
插入結構不同、長短參差的散句，使文章的語言富有變化，
勻稱而又錯落有致，產生錯綜多變的節奏感。

23

5 廉頗藺相如列傳（節錄）　司馬遷

司馬遷，字子長，生於公元前 145 年，卒年不詳，西漢夏陽(今陝西省韓城縣)人。他出身於史官世家，父親司馬談是漢朝太史令。三十五歲繼承父職。漢武帝時，漢將李陵兵敗降於匈奴，司馬遷為李陵辯護，觸怒漢武帝，受了宮刑，於是發憤寫成《史記》，為我國史學傑構。

本篇選自《史記・廉頗藺相如列傳》，講述兩個人物的故事，包括「完璧歸趙」、「澠池之會」和「負荊請罪」。藺相如智勇雙全，愛國衞國，不惜以死威脅敵國國君，使人動容。故事中人物的對話，盡是見識、謀略、機智，非常精彩。藺相如忍辱負重，老將軍廉頗知錯能改，「將相和」的故事，成為千古佳話。

第一段
廉頗、藺相如簡介。

廉頗是趙國傑出的將領
趙惠文王十六年，廉頗擔任趙國的統帥，帶兵攻打齊國
大敗齊軍，攻取了陽晉，趙王任命他為上卿
廉頗以勇猛聞名於諸侯
藺相如，趙國人，是趙國宦官首領繆賢的門客

第二段
秦王欲得趙王的和氏璧玉。
藺相如獲舉薦，攜璧玉入
秦宮。

趙惠文王在位之時，得到了楚國的和氏璧
秦昭王聽到消息後，差遣人送信給趙王
表示希望用十五座城邑來交換璧玉
趙王和大將軍廉頗等大臣商量
把璧玉給秦國，卻怕得不到秦國的城邑，白白地被秦國欺騙
不給予秦國，則擔心秦國軍隊入侵
趙王未能定出計策，想找個人出使去答覆秦國，又找不到
宦官首領繆賢說：「我的門客藺相如可以出使秦國。
趙王問道：「你怎麼知道他勝任呢？

《廉頗藺相如列傳》（節錄）原文可分為七段，段落大意如下：

一段：廉頗、藺相如簡介。

二段：秦王欲得趙王的和氏璧玉。藺相如獲舉薦攜璧玉入秦宮。

三段：藺相如見秦王，秦王無意以城池交換璧玉，藺欲抱璧連人撞柱。藺後命
隨從把璧玉帶回趙國。

四段：五日後藺相如再會秦王，藺歸回趙國。

五段：趙王拜藺相如為上大夫。

六段：趙王帶着藺相如，到澠池，與秦王會見。憑着藺的機智，秦王要侮辱趙王
終不成功。

七段：趙王拜藺相如為上卿，廉頗不滿，要侮辱藺。藺忍讓，廉最終負荊請罪。

一段

廉頗者，趙之良將也。

趙惠文王十六年，廉頗為趙將，伐齊，

大破之，取陽晉，拜為上卿。

以勇氣聞於諸侯。

藺相如者，趙人也，為趙宦者令繆賢舍人。

二段

趙惠文王時，得楚和氏璧。

秦昭王聞之，使人遺趙王書，

願以十五城請易璧。

趙王與大將軍廉頗諸大臣謀：

欲予秦，秦城恐不可得，徒見欺；

欲勿予，即患秦兵之來。

計未定，求人可使報秦者，未得。

宦者令繆賢曰：「臣舍人藺相如可使。」

王問：「何以知之？」

廉、藺地位懸殊，為日後
二人矛盾埋下伏線。

趙惠文王十六年：公元前
283 年。

陽晉：今山東鄆成縣西。

宦者令：宦官的首領。

舍人：門客。

和氏璧：楚人卞和獻給
楚王的稀世之寶。

遺：送給。

見欺：被欺騙。

患：害怕。

報：答覆。

何以：以何，憑甚麼。

繆賢回答說：「我曾經犯過罪，私下打算逃亡到燕國

我的門客藺相如勸止我

相如問道：『你是怎樣認識燕王的？

我說：『我跟隨過大王在邊境上與燕王見面

燕王私下握着我的手說：「願意跟你結為朋友

我便認識了他，所以想前往燕國。

相如對我說

『趙國強大，燕國弱小，那時你得到趙王的寵幸

所以燕王想跟你結交

現在你由趙國逃亡到燕國，燕國害怕趙國

形勢上一定不敢收留你，反而會把你綁起來送返趙國

你不如解開上衣，袒露肩膊，伏在刑具上向趙王請罪

也許會僥倖獲得赦免。

我依從了他的計謀去做，僥倖地大王也赦免了我罪

我個人認為這人是個勇士，又有智謀，適宜做使者。

於是趙王召見藺相如，問他說

「秦王要用十五座城邑換取我的璧玉，可不可以給他呢？

相如說：「秦國強大而趙國弱小，不可以不答應。

趙王說：「如果秦國拿了我的璧玉，卻不給我城邑，那怎麼辦？

相如說：「秦國用城邑來求取璧玉，如果趙國不答應，理虧的是趙國

趙國給予璧玉，而秦國不把城邑送給趙國，那就理虧在秦國了

衡量這兩個辦法，我們寧可答應把璧玉給秦國，讓它承擔理虧的責任。

趙王問：「誰可以做使者呢？

相如說：「大王如果沒有可以派遣的人選，我願意捧着和氏璧出使秦國

到時，如果城邑給了趙國，璧玉就留在秦國

如果得不到城邑，我一定把璧玉完好無缺地帶返趙國。

趙王於是派遣相如帶着璧玉向西前赴秦國

對曰：「臣嘗有罪，竊計欲亡走燕，
臣舍人相如止臣，
曰：『君何以知燕王？』
臣語曰：『臣嘗從大王與燕王會境上，
燕王私握臣手，曰：「願結友。」
以此知之，故欲往。』
相如謂臣曰：
『夫趙彊而燕弱，而君幸於趙王，
故燕王欲結於君。
今君乃亡趙走燕，燕畏趙，
其勢必不敢留君，而束君歸趙矣。
君不如肉袒伏斧質請罪，
則幸得脫矣。』
臣從其計，大王亦幸赦臣。
臣竊以為其人勇士，有智謀，宜可使。」
於是王召見，問藺相如曰：
「秦王以十五城請易寡人之璧，可予不？」
相如曰：「秦彊而趙弱，不可不許。」
王曰：「取吾璧，不予我城，奈何？」
相如曰：「秦以城求璧而趙不許，曲在趙；
趙予璧而秦不予趙城，曲在秦。
均之二策，寧許以負秦曲。」
王曰：「誰可使者？」
相如曰：「王必無人，臣願奉璧往使。
城入趙而璧留秦；
城不入，臣請完璧歸趙。」
趙王於是遂遣相如奉璧西入秦。

亡走：逃跑。

知：結識。

藺相如向繆賢獻計，
表現其智謀不凡。

幸：寵幸，寵愛。

藺對人性有深刻的認識；
一般人都是勢利的，而且
不敢得罪勢力強大者。

肉袒：使皮肉袒露。
斧質：指鍘刀。
幸：僥倖。

寡人：國君的謙稱。

奈何：怎麼辦？
曲：理虧。

均：權衡，比較。

必：確定。
奉：同「捧」。

藺相如和趙王的對話，
充分顯示他深謀遠慮、
胸有成竹。

第三段
藺相如見秦王，秦王
無意以城池交換
璧玉，藺欲抱璧連人
撞柱。藺後命隨從
把璧玉帶回趙國。

　　秦王坐在章台上會見相如。相如捧着璧玉呈獻給秦王
秦王十分高興，把璧玉交給妃嬪及侍臣傳着觀看，侍臣都歡呼萬歲
相如看出秦王無意把城邑交給趙國，於是走上前說
　　「璧上有些瑕疵，讓我指示給大王看。」

　　秦王將璧玉交給相如。相如於是捧着璧玉，後退了幾步
倚着柱子站着，憤怒得頭髮向上直豎，衝起帽子，對秦王說
　　「大王想得到這塊璧玉，派人送信給趙王
趙王召集全部羣臣商議，大家都說
『秦國貪心，仗着國力強大，以空話來求取璧玉
他所答應給予的城邑，恐怕是得不到了。』
　　大家議定不把璧玉給秦國
我認為，平民之間的交往，尚且不會互相欺騙，何況大國呢
況且為了一塊璧玉，而傷害了強秦跟我們的友誼，這是不可以的
於是趙王齋戒了五天，派遣我捧着璧玉，在朝廷上隆重地送出了國書
為甚麼要這樣做？因為尊重您大國的威望，表示我們的敬意
現在我到了貴國，大王卻在普通的宮殿接見我，禮節顯得很傲慢
得到璧玉後，又傳給妃嬪觀看，藉此來戲弄我
我看大王並無誠意把城邑交給趙王，所以把璧玉取回
大王如果一定要迫我交出璧玉，我的頭現在要和璧玉一起撞碎在柱子上了！」

　　相如拿着璧玉斜視柱子，像要撞向它
秦王恐怕他撞碎璧玉，於是道歉，懇請他不要這樣做
並召喚主管官員按着地圖，指出從這裏到那裏的十五座城邑給予趙國
相如心想秦王只不過使詐，假裝把城邑給予趙國
實際上趙國一定得不到，就對秦王說
　　「和氏璧是天下公認的寶物
趙王為懼怕貴國，不敢不獻上。趙王送璧玉時，齋戒了五天
現在大王也應齋戒五天，在正殿上舉行九賓禮，我才會獻上璧玉。」

秦王坐章台見相如，相如奉璧奏秦王。

秦王大喜，傳以示美人及左右，左右皆呼萬歲。

相如視秦王無意償趙城，乃前曰：

「璧有瑕，請指示王。」

王授璧，相如因持璧卻立，

倚柱，怒髮上衝冠，謂秦王曰：

「大王欲得璧，使人發書至趙王，

趙王悉召羣臣議，皆曰：

『秦貪，負其彊，以空言求璧，

償城恐不可得。』

議不欲予秦璧。

臣以為布衣之交尚不相欺，況大國乎！

且以一璧之故逆彊秦之驩，不可。

於是趙王乃齋戒五日，使臣奉璧，拜送書於庭。

何者？嚴大國之威以修敬也。

今臣至，大王見臣列觀，禮節甚倨；

得璧，傳之美人，以戲弄臣。

臣觀大王無意償趙王城邑，故臣復取璧。

大王必欲急臣，臣頭今與璧俱碎於柱矣！」

相如持其璧睨柱，欲以擊柱。

秦王恐其破璧，乃辭謝固請，

召有司案圖，指從此以往十五都予趙。

相如度秦王特以詐佯為予趙城，

實不可得，乃謂秦王曰：

「和氏璧，天下所共傳寶也。

趙王恐，不敢不獻。趙王送璧時，齋戒五日，

今大王亦宜齋戒五日，設九賓於廷，臣乃敢上璧。」

章台：秦國台觀名。
奏：呈獻。
左右：侍臣。

卻：後退。

44 至 47 行刻畫藺相如
的智勇，簡潔有力。

負：倚仗。

布衣：平民的代稱，
因古時平民穿粗布衣服。

趙王曾齋戒五日嗎？
這大概是藺編造的。
這也顯示了他的智謀。

書：國書。
庭：朝廷。
列觀：一般的台觀，
指上文的章台。
倨：傲慢。

藺滔滔地以誠信、
禮節立論，以「俱裂」
威脅，果然收效。

急：逼迫。
睨：斜着眼看。
辭謝：道歉。
固請：堅決請求。
有司：主管官員。
案圖：按着地圖。
共傳寶：公認的寶物。

藺看透了秦王，真聰明！

九賓：古代國際外交上
極隆重的禮節。

秦王估計，到底不能強奪璧玉

於是答應齋戒五天，安排相如在廣成賓館住宿

相如估計秦王雖然齋戒，但一定會背約不給城邑

於是派遣他的隨從穿上平民的裝束，把璧玉藏在懷裏

從小路逃走，將璧玉送回趙國

秦王齋戒五天後，在正殿上設了九賓禮

派人請趙國使者藺相如來見面。相如到了，對秦王說

「秦國自繆公以來的二十多位君主，沒有一個是堅守盟約的

我真的恐怕被大王欺騙而對不起趙國

所以派人把璧玉送回，現在快到達趙國了

再說秦國強而趙國弱，大王只須派遣一個使者到趙國，趙國就立刻把璧玉送來

現在以秦國的強大，先將十五座城邑割給趙國

趙國又怎敢留着璧而得罪大王呢

我知道欺騙大王是應該判以死罪的，我願意接受湯鑊之刑

希望大王與各位大臣詳細商量決定。

秦王和大臣們面面相覷，發出又驚又怒的聲音

羣臣中有人想把相如拉去治罪，秦王便說

「現在即使殺了藺相如，始終得不到璧玉，卻斷絕了秦、趙兩個的友誼

倒不如藉着這個機會好好款待他，讓他返回趙國

趙王難道會因為一塊璧玉而欺騙秦國嗎？

秦王終於在正殿上接見相如，完成禮儀後，便讓他返國

相如回國後，趙王認為他是個賢能的大夫

出使外國時，使趙國不受諸侯侮辱，封他為上大夫

秦國結果沒有把城邑給予趙國，趙國也始終沒有把璧玉給予秦國

後來秦軍攻打趙國，攻下石城

第二年，秦國又攻打趙國，殺了兩萬人

秦王度之，終不可彊奪，
遂許齋五日，舍相如廣成傳。
相如度秦王雖齋，決負約不償城，
乃使其從者衣褐，懷其璧，
從徑道亡，歸璧於趙。

第四段

秦王齋五日後，乃設九賓禮於廷，
引趙使者藺相如。相如至，謂秦王曰：
「秦自繆公以來二十餘君，未嘗有堅明約束者也。
臣誠恐見欺於王而負趙，
故令人持璧歸，間至趙矣。
且秦彊而趙弱，大王遣一介之使至趙，趙立奉璧來。
今以秦之彊而先割十五都予趙，
趙豈敢留璧而得罪於大王乎？
臣知欺大王之罪當誅，臣請就湯鑊。
唯大王與羣臣孰計議之。」
秦王與羣臣相視而嘻。
左右或欲引相如去，秦王因曰：
「今殺相如，終不能得璧也，而絕秦趙之驩；
不如因而厚遇之，使歸趙。
趙王豈以一璧之故欺秦邪？」
卒廷見相如，畢禮而歸之。

第五段

相如既歸，趙王以為賢大夫，
使不辱於諸侯，拜相如為上大夫。
秦亦不以城予趙，趙亦終不予秦璧。
其後秦伐趙，拔石城。
明年，復攻趙，殺二萬人。

第六段
趙王帶着藺相如，
到澠池，與秦王
會見。憑着藺的
機智，秦王要侮辱
趙王終不成功。

秦王差遣使臣告訴趙王

想跟趙王在西河外澠池會面修好

趙王懼怕秦國，想不去

廉頗和藺相如商量說：「大王不去，便顯得趙國軟弱且膽怯了。

趙王於是前往，相如隨行。廉頗送行，到了邊境，向趙王辭別說

「大王這次前往，估計路程和完成會面的禮節

加上歸程，不應該超過三十天

如果過了三十天仍沒有回來，就請准許我立太子為王

以斷絕秦國以大王作人質要脅趙國的念頭

趙王答應他，於是便和秦王會面於澠池

秦王喝酒，喝得很暢快，說

「我私下聽聞趙王喜好音樂，請彈瑟來聽聽吧。

趙王彈瑟。秦國的史官上前來寫道

「某年某月某日，秦王與趙王一起喝酒，命令趙王彈瑟。

藺相如走上前說：「趙王私下聽說秦王擅於演奏秦國的樂曲

現在請容許我把盆缻獻給秦王，請大王表演，互相娛樂。

秦王生氣，不答應。於是相如上前獻上盆缻，跪下請求秦王演奏

秦王不肯擊缻。相如說

「五步之內，請讓我藺相如用頸上的血濺在大王身上。

秦王的守衛想上前刺殺相如，相如瞪着眼睛喝斥他們，守衛都後退

於是秦王很不高興，敲了一下盆缻

相如回頭召喚趙國史官寫道

「某年某月某日，秦王為趙王演奏盆缻。

秦國的大臣們說：「請趙王送出十五座城邑給秦王作生日獻禮。

藺相如也說：「請送出秦國首都咸陽給趙王作生日獻禮。

秦王直到宴會結束，始終佔不到趙國的上風

趙國也部署了大量兵力，準備對付秦國。秦國不敢妄動

秦王使使者告趙王，

欲與王為好會於西河外澠池。

趙王畏秦，欲毋行。

廉頗、藺相如計曰：「王不行，示趙弱且怯也。」

趙王遂行，相如從。廉頗送至境，與王訣曰：

「王行，度道里會遇之禮畢，

還，不過三十日。

三十日不還，則請立太子為王，

以絕秦望。」

王許之，遂與秦王會澠池。

秦王飲酒酣，曰：

「寡人竊聞趙王好音，請奏瑟。」

趙王鼓瑟。秦御史前書曰：

「某年月日，秦王與趙王會飲，令趙王鼓瑟。」

藺相如前曰：「趙王竊聞秦王善為秦聲，

請奏盆瓴秦王，以相娛樂。」

秦王怒，不許。於是相如前進瓴，因跪請秦王。

秦王不肯擊瓴。相如曰：

「五步之內，相如請得以頸血濺大王矣！」

左右欲刃相如，相如張目叱之，左右皆靡。

於是秦王不懌，為一擊瓴。

相如顧召趙御史書曰：

「某年月日，秦王為趙王擊瓴。」

秦之羣臣曰：「請以趙十五城為秦王壽。」

藺相如亦曰：「請以秦之咸陽為趙王壽。」

秦王竟酒，終不能加勝於趙。

趙亦盛設兵以待秦，秦不敢動。

為好：修好。
西河：今陝西東境。
澠池：在今河南。澠：(粵)音[敏]；(普) miǎn。

道里：前去的路程。

趙王此行相當危險。
100 至 103 行寥寥數句，
反映廉頗智謀。

好音：愛好音樂。
御史：戰國時的史官。

善為秦聲：擅長演奏秦國的地方音樂。
瓴：即「缶」，盛酒的陶器，秦國人常擊缶為樂。(粵)音[否]；(普) fǒu。

109 至 119 行，藺相如這樣做、這樣說，證明他真是個勇士。
靡：本是倒下，這裏指後退。
不懌：不高興。
顧：回頭。

對等！藺務使趙國不受侮辱。

為秦王壽：給秦王作生日獻禮。

繆賢說藺是勇士，有謀略。說得對！

盛：大量地，作副詞用。

澠池之會結束，返回趙國，趙王因為相如功勞巨大，封他為上卿

官位在廉頗之上。廉頗說

「我身為趙國的將軍，有攻取城邑、奮戰野外的大功

藺相如只憑言詞的功夫立下功勞，而官位竟在我之上

況且相如本來出身卑微，我感到羞恥，不能容忍官位在他之下。

他揚言說：「我見到藺相如時，一定會羞辱他！

相如聽到這番話，不肯和廉頗見面

相如每逢上朝時，總是推說有病缺席，不想和廉頗爭位次的先後

後來相如外出，望見廉頗，就連忙掉轉車子避開他

於是相如的門客都來勸諫他說

「我們所以離開親人來侍奉您，只是仰慕您的高風大義

現在您與廉頗地位相同，廉先生公開發表侮辱您的言論

而您竟害怕得躲藏起來，您畏懼得太過分了

這事情連普通的人都感到羞恥，何況是位居將相的您呢

我們沒出息，請讓我們離開吧。

藺相如堅決勸止他們，說：「你們認為廉將軍與秦王相比，哪一個厲害呢？

門客回答說：「（廉頗）比不上。

相如說：「以秦王的威勢，我尚且敢在朝廷叱喝他，侮辱他的群臣

我雖然愚劣，難道會畏懼廉將軍嗎

但是我考慮到

強大的秦國不敢出兵侵犯趙國，只因為有我們兩個人

現在要兩虎相鬥，勢必不能共存

我所以這樣做，是把國家的安危放在前面，而把個人的怨仇放在後面。

廉頗聽到這番話後，袒開上衣，背着荊棘

由門客帶領，親到藺相如宅府道歉說

「我這鄙陋下賤的人，不知道將軍的器量是這樣寬大。

結果兩人和好，成為生死與共的朋友

既罷,歸國,以相如功大,拜為上卿,

位在廉頗之右。廉頗曰:

「我為趙將,有攻城野戰之大功,

而藺相如徒以口舌為勞,而位居我上。

且相如素賤人,吾羞,不忍為之下。」

宣言曰:「我見相如,必辱之!」

相如聞,不肯與會。

相如每朝時,常稱病,不欲與廉頗爭列。

已而相如出,望見廉頗,相如引車避匿。

於是舍人相與諫曰:

「臣所以去親戚而事君者,徒慕君之高義也。

今君與廉頗同列,廉君宣惡言;

而君畏匿之,恐懼殊甚。

且庸人尚羞之,況於將相乎!

臣等不肖,請辭去。」

藺相如固止之,曰:「公之視廉將軍孰與秦王?」

曰:「不若也。」

相如曰:「夫以秦王之威,而相如廷叱之,辱其羣臣;

相如雖駑,獨畏廉將軍哉?

顧吾念之,

彊秦之所以不敢加兵於趙者,徒以吾兩人在也。

今兩虎共鬥,其勢不俱生。

吾所以為此者,以先國家之急而後私讎也。」

廉頗聞之,肉袒負荊,

因賓客至藺相如門謝罪曰:

「鄙賤之人,不知將軍寬之至此也。」

卒相與驩,為刎頸之交。

右:上面,當時以右為尊。

廉頗自恃功高,且妒忌
藺相如。

素:本來。

不忍為之下:不能容忍處在
他的下面。

與會:與他見面。

爭列:爭位置先後。

已而:過了不久。

去親戚:離開親人。

殊:太。

甚:過分。

不肖:不賢,沒出息。

孰:哪個。

駑:愚劣。(粵)音[奴];
(普) nú。

獨:豈,難道。

藺相如顧全大局。

負荊:背着荊棘。

因:通過。

這就是「負荊請罪」
的故事。

刎頸之交:生死與共的朋友。

6 出師表 諸葛亮

諸葛亮（181 － 234）字孔明，瑯琊陽都（今山東省沂水縣南）人。建安十三年（208 年），諸葛亮聯合孫權擊敗曹操，開創三國鼎立局面。後協助劉備建立蜀漢，擔任丞相。劉備逝世後，他輔助後主劉禪治理國家。五十四歲病逝軍中。

本文是蜀漢諸葛亮在後主建興五年（公元227 年）領兵北伐曹魏前寫給後主劉禪的奏章。「出師」是領兵出征的意思。「表」是古代臣子向君主陳述意見所用的文體。作者說明北伐的必要，表白自己感恩圖報、忠貞盡責的心志，希望後主交託他北伐的重責。他在文中叮嚀囑咐，規勸後主虛心納諫，賞罰分明，親信賢臣，疏遠小人，以復興漢室，並舉薦賢能來襄助軍政事務，對內部的各方面都有縝密的安排。

第一段
國家處於危急存亡之秋，後主要聽取忠言，大公無私。

先帝創立的事業還沒有完成一半，就在中途逝世了

現在天下分成三國，而蜀國疲弱困乏

這真是形勢危急、決定存亡的關鍵時刻啊

雖然如此，宮廷的大臣，對國內政事毫不懈怠

忠心的將士，在外面奮不顧身來作戰

這是追念先帝對他們的特殊優厚待遇，想以此來報答陛下啊

陛下實在應該廣泛聽取意見，發揚先帝遺留下來的美德

激勵志士們的勇氣

而不應隨便輕視自己，說出不合義理的話

以致阻塞羣臣盡忠進諫的道路

內朝和外廷，都是一個整體

提升做得好的官員，處分表現差的官員，不應有不同的標準

如果有官員做了壞事，觸犯法律，以及有官員盡忠行善

都應該交給主管的官員討論，決定他們應得的處罰或獎賞

以顯示陛下公正嚴明的處事原則

不應偏袒和存有私心，使內朝和外廷有不同的法制

《出師表》可分為五段，段落大意如下：

第一段：國家處於危急存亡之秋，後主要聽取忠言，大公無私。

第二段：文臣武將多忠良之士，後主要諮詢他們。

第三段：勸後主要親賢臣，遠小人。

第四段：感先帝劉備知遇之恩，忠心為國。

第五段：指出興復漢室，君臣各有職責；重申受恩感激，剖白上表時心情複雜。

本段先分析天下大局，指出蜀漢國勢危急，使後主有所警惕並力圖振作，接着忠告後主修明政治之要點。

第一段

先帝創業未半，而中道崩殂；
今天下三分，益州疲弊，
此誠危急存亡之秋也！
然侍衛之臣，不懈於內；
忠志之士，忘身於外者，
蓋追先帝之殊遇，欲報之於陛下也。
誠宜開張聖聽，以光先帝遺德，
恢弘志士之氣；
不宜妄自菲薄，引喻失義，
以塞忠諫之路也。
宮中、府中，俱為一體，
陟罰臧否，不宜異同。
若有作姦、犯科，及為忠善者，
宜付有司，論其刑賞，
以昭陛下平明之治；
不宜偏私，使內外異法也。

先帝：蜀漢昭烈帝劉備。

崩殂：逝世。崩：古代稱皇帝去世。殂：死亡。(粵)音[曹]；(普) cú。

作者對先帝劉備感恩，忠心耿耿，一開始就提先帝。

陛下：對皇帝的尊稱。

勸諫後主。

恢弘：振作、激勵。作動詞用。

陟：提升。(粵)音[即]；(普) zhì。

罰：處分。

臧：善。(粵)音[莊]；(普) zhāng。

否：惡。(粵)音[鄙]；(普) pǐ。

這一段裏，「危急存亡」、「妄自菲薄」、「作姦犯科」都是成語，可見本篇千古傳誦，影響深遠。

37

第二段
文臣武將多忠良之士，
後主要諮詢他們。

侍中郭攸之、費禕，侍郎董允等，
都是善良誠實的人，他們志向忠貞、思想純正，
所以先帝挑選提拔他們留給陛下。
我認為宮廷裏的事情，不論大小，
都應該和他們商議，然後才施行，
一定能夠補救缺失和疏漏，得到更大的效益。
將軍向寵，品性純良，處事公正，精通軍事，
以前試用他時，先帝稱讚他能幹，
因此大家商議推舉他擔任都督。
我認為軍隊中的事情，都應該和他商量，
那就一定能使軍隊和睦融洽，能力強的和弱的將士，都得到適當的安排。

第三段
勸後主要親賢臣，
遠小人。

親近賢臣，疏遠小人，
這是前漢興盛的原因；
親近小人，疏遠賢臣，
這是後漢傾覆衰亡的原因。
先帝在世時，每次和我談及這些事，
沒有不對桓帝、靈帝感到歎息和痛心的。
侍中郭攸之、費禕，尚書陳震，長史張裔，參軍蔣琬，
這些都是忠貞賢良、能夠為保存節義而犧牲生命的忠臣，
希望陛下親近和信任他們，
這樣，漢室的興盛，便可指日可待了。

第二段

侍中、侍郎郭攸之、費禕、董允等，

此皆良實，志慮忠純，

是以先帝簡拔以遺陛下。

愚以為宮中之事，事無大小，

悉以咨之，然後施行，

必能裨補闕漏，有所廣益。

將軍向寵，性行淑均，曉暢軍事，

試用於昔日，先帝稱之曰能，

是以眾議舉寵為督。

愚以為營中之事，悉以咨之，

必能使行陣和睦，優劣得所。

從這裏所述，作者對文臣武將都有充分的認識。

裨：補救。(粵)音[卑]；
(普) pi。
補：補充。
闕：不足。
漏：遺漏。

第三段

親賢臣，遠小人，

此先漢所以興隆也；

親小人，遠賢臣，

此後漢所以傾頹也。

先帝在時，每與臣論此事，

未嘗不歎息痛恨於桓、靈也。

侍中、尚書、長史、參軍，

此悉貞良死節之臣；

願陛下親之、信之，

則漢室之隆，可計日而待也。

這幾句「親」「遠」甚麼人，用對比手法。句式整齊簡潔。

28 至 33 行：以歷史為借鑑，指出「親賢遠佞」和「親佞遠賢」之別。

親之：「之」作他或他們解。

第四段
感先帝劉備知遇之恩，
忠心為國。

我本來是一個平民，在南陽親自耕種

只希望能夠在亂世中苟且保全性命

並不想在割據的羣雄中揚名顯達

先帝不因為我出身卑微和見識淺陋，竟然降低身分

三次來到草廬探訪我

向我諮詢當世的大事

我因此十分感激，就答應為他奔走效勞

後來他在軍事上遭遇重大挫敗

我就在兵敗的時候承擔重任

在危急的關頭接受任命

從那時到現在已經二十一年了

先帝知道我做事謹慎

所以在臨終時把國家大事交託給我

我自從接受重任以來，日夜憂慮歎息

恐怕交託給我的事情沒有做好，以致損害了先帝的英明形象

因此我在五月率領大軍渡過瀘水，深入草木不生的荒涼地區作戰

現在南方已經平定，武器裝備已很充足

應當鼓勵並率領全軍，向北平定中原

我希望竭盡我平庸的才能，消除奸險兇惡的逆賊

復興漢室，遷返原來的首都

這就是我報答先帝，並向陛下效忠所應盡的職分啊

40

第四段

臣本布衣,躬耕於南陽;
苟全性命於亂世,
不求聞達於諸侯。
先帝不以臣卑鄙,猥自枉屈,
三顧臣於草廬之中,
諮臣以當世之事;
由是感激,遂許先帝以驅馳。
後值傾覆,
受任於敗軍之際,
奉命於危難之間,
爾來二十有一年矣!
先帝知臣謹慎,
故臨崩寄臣以大事也。
受命以來,夙夜憂歎,
恐託付不效,以傷先帝之明。
故五月渡瀘,深入不毛。
今南方已定,兵甲已足,
當獎率三軍,北定中原。
庶竭駑鈍,攘除姦凶,
興復漢室,還於舊都。
此臣所以報先帝而忠陛下之職分也!

南陽:漢郡,諸葛亮耕種地
(在今湖北襄陽)所屬。

猥:謬,錯誤地。
(粵)音[委];(普) wěi。

39、40、42 這幾行
都是名句。

傾覆:本指覆滅,這裏
形容敗得很慘。

第四段詳述先帝與
作者的關係,並回顧
過去,計劃未來(51
至 57 行)。

夙夜:指從早到晚。

駑鈍:才能低劣愚鈍。自謙
之詞。
姦凶:奸詐兇惡的人。

41、44、49、52、58 各行中,
「先帝」二字五次出現。

本段作者流露感情,表明
心跡,為報答先帝恩德,
鞠躬盡瘁;而出師北伐,
顯示報答先帝和向後主
盡忠之情。

本篇第一至三段着重
「說之以理」,第四段着重
「動之以情」。

41

第五段
指出興復漢室，
君臣各有職責；
重申受恩感激，
剖白上表時心情
複雜。

至於考慮在政治上應增加或減少哪些措施，盡量向陛下進獻忠心的建議

那是郭攸之、費禕、董允的責任了

希望陛下委派我去建立討伐奸賊、復興漢室的功績

如果沒有成效，就把我治罪，並上告先帝在天之靈

如果沒有向陛下提出施行德政的建議

那就責備郭攸之、費禕、董允等人的怠慢，以表明他們的過錯

陛下自己也應當思考謀劃

向羣臣徵詢治理國家的好辦法，明察和採納正確合理的意見

深切地追念先帝臨終時的遺訓

這樣，我就受恩很多，十分感激了

現在我就要遠離陛下，面對着這篇奏章，我哭泣流淚，不知道自己說了甚麼話

第五段

9　至於斟酌損益，進盡忠言，

10　則攸之、褘、允之任也。

11　願陛下託臣以討賊興復之效；

12　不效，則治臣之罪，以告先帝之靈。

13　若無興德之言，

14　則責攸之、褘、允等之慢，以彰其咎。

15　陛下亦宜自謀，

16　以諮諏善道，察納雅言，

17　深追先帝遺詔。

18　臣不勝受恩感激。

19　今當遠離，臨表涕零，不知所言！

第一段說「論其刑賞」，
這裏說「治臣之罪」；
諸葛亮主張賞罰分明，
一以貫之。

向後主進言，反覆叮囑。

諮諏：諮，徵求。
諏，詢問。(粵)音[周]；
(普) zōu。

又提到先帝，再表示
其忠心。

59 行的「斟酌損益」，
69 行的「不知所言」，
也是成語。

61 至 67 行總結各人責任。
68 至 69 行作者表達臨行前對後主竭盡忠誠、
鞠躬盡瘁和眷戀不捨的深情。

各位同學不妨統計一下，究竟課程中的古代作品，一共有多少
詞語成為了成語，流傳至今。哪些古代作品的影響力大？大概
可從其成語的多少來做個說明。

諸葛亮提出怎樣處理人事、怎樣賞罰分明、怎樣聽取意見，
這些論點今天仍然適用，可作為工商企業管理的參考。

7 師說 　韓愈

韓愈（768 － 824），字退之，唐代河南河陽（今河南孟縣）人，因祖籍昌黎，故世稱韓昌黎。唐憲宗時，因忠言極諫，被貶為潮州刺史。穆宗即位後，歷任國子監祭酒、兵部侍郎、吏部侍郎等職。後因病去世，年五十七，諡號「文」，後世又稱他為韓文公。他很積極提倡古文，是「唐宋古文八大家」之一。他的詩也極有名。著有《昌黎先生集》。

本篇選自《昌黎先生集》，寫於唐德宗貞元十八年（公元 802）。韓愈當時擔任國子監四門博士，寫本文給他的學生李蟠，批評當時「恥學於師」的門第風氣。唐代以官位高低為劃分門第的標準，不少士大夫認為從師「位卑則足羞，官盛則近諛」。他反對這種錯誤風尚，提出「古之學者必有師」、「道之所存，師之所存也」的主張，闡明師道，以匡正時弊。「說」是一種議論文文體，大多是借事物或一種現象來抒發作者的感想。

第一段
總論從師學習的必要性。

古時求學的人一定有老師
老師是傳授道理、講授學業、解釋疑難問題的人
人不是生下來就明白道理的，誰能沒有疑惑？
有疑惑卻不向老師請教，那些疑惑就始終不能解決

第二段
說明從師的原則。

比我先出生的人，他懂得的道理當然也先於我，我應跟從他學習
比我晚出生的人，如果他懂得的道理先於我，我也應跟從他學習
我學習的是道理，哪管他是比我先出生還是晚出生呢？
因此，不論地位顯貴或是低下，不論年長或是年少
誰掌握了知識學問，誰就是老師

《師說》原文可分為七段，段落大意如下：

第一段：總論從師學習的必要性。

第二段：說明從師的原則。

第三段：指出古時聖人尚且向老師學習，當時眾人卻恥於向老師學習，所以日益愚蠢。

第四段：批評士大夫只知為子延師，本身卻恥於從師，實在不明智。

第五段：指出巫醫樂師百工等人，不恥相師，而士大夫竟以相師為恥，才智反而比不上前者。

第六段：先以聖人無常師的故事作為論證，然後點出「聞道有先後、術業有專攻」的道理。

第七段：說明寫本文的原因。

第一段

古之學者必有師。

師者，所以傳道、受業、解惑也。

人非生而知之者，孰能無惑？

惑而不從師，其為惑也終不解矣。

第二段

生乎吾前，其聞道也，固先乎吾，吾從而師之；

生乎吾後，其聞道也，亦先乎吾，吾從而師之。

吾師道也，夫庸知其年之先後生於吾乎？

是故無貴無賤，無長無少，

道之所存，師之所存也。

第1行末字的「師」，第2行首字也是「師」，修辭上稱為「頂真」，使文章氣勢增強，文氣連貫，產生迴環往復之美。

道：人生道理，知識學問。
受：同「授」，講授。

第5行和第6行是對偶句，使文章顯得工整勻稱，對比鮮明，富於氣勢。

庸：豈，怎。

第9行指道存在的地方，就是老師在的地方。意思是誰懂得道理和有知識學問，誰就是自己的老師。這就是從師或擇師的準則。

45

唉！從師學習的風尚已經失傳很久了
想要人們沒有疑惑也很難了
古時的聖人，他們的學問才智遠遠地超出一般人，尚且向老師學習
現在一般的人，他們跟聖人相比相差很遠了，卻恥於向老師學習
因此聖人更加聖明，愚人更加愚蠢
聖人之所以聖明
愚人之所以愚蠢
就是出於這個原因啊

愛惜自己的兒子，挑選好老師來教育他們
而對於自己，卻把向老師學習視為羞恥的事，真是糊塗啊
那些孩子的老師，是教他們唸書，學習書中的文句
並不是我所說的傳授道理、解釋疑難問題的老師
不知道斷句，有疑惑不能解決
前者向老師學習，後者卻不向老師求教
小問題願意從師學習，大道理卻遺漏不學，我看不出他們明智在哪裏

第五段
指出巫醫樂師
百工等人不恥
相師，而士大夫
竟以相師為恥，
才智反而比不上
前者。

巫師、醫師、樂師、各類工匠，不把互相學習當做可恥的事
一些士大夫，一說到老師、學生這樣的稱呼，人們便聚在一起譏笑他們
問他們笑甚麼，則回答說：「某人和某人年紀相近，學問也差不多。」
向地位卑下的人學習，是一種恥辱；向官位顯貴的人學習，又被看成諂媚
唉！從師學習的風尚不能恢復，從這裏就可以明白了
巫師、醫師、樂師、各類工匠，君子是不屑和他們同列的
現在君子的才智卻反而比不上他們，這不是很奇怪的現象嗎

第三段

嗟乎！師道之不傳也久矣，
　　　欲人之無惑也難矣。
古之聖人，其出人也遠矣，猶且從師而問焉；
今之眾人，其下聖人也亦遠矣，而恥學於師。
是故聖益聖，愚益愚。
聖人之所以為聖，
愚人之所以為愚，
其皆出於此乎！

第四段

愛其子，擇師而教之；
於其身也則恥師焉，惑矣！
彼童子之師，授之書而習其句讀者，
非吾所謂傳其道、解其惑者也。
句讀之不知，惑之不解，
或師焉，或不焉，
小學而大遺，吾未見其明也。

第五段

巫、醫、樂師、百工之人，不恥相師；
士大夫之族，曰師、曰弟子云者，則羣聚而笑之。
問之，則曰：「彼與彼年相若也，道相似也。」
位卑則足羞，官盛則近諛。
嗚呼！師道之不復，可知矣。
巫、醫、樂師、百工之人，君子不齒；
今其智乃反不能及，其可怪也歟！

師道：從師學習的風尚。

益：更加。

本段是古之聖人和
今之眾人的對比。

句讀：即文辭停頓處。文辭
語意已盡處為句，未盡而須
停頓的地方為讀。泛指書中
的文句。讀：(粵)音[逗]；
(普) dòu。

第 23 行承接第 22 行句意。
注意它們的對應關係。

本段是以當時士大夫為子
擇師求學，自己卻恥於
從師作對比。

諛：諂媚，巴結討好。
(粵)音[如]；(普) yú。

齒：並列。

本段是以巫醫樂師百工之人
不恥相師，士大夫卻恥於從師
作對比。

第六段
先以聖人無常師的故事
作為論據，然後點出
「聞道有先後、術業有
專攻」的道理。

聖人沒有固定的老師

孔子曾經以郯子、萇弘、師襄、老聃為老師

郯子等人，他們的賢德比不上孔子

孔子說：「幾個人走在一起，其中一定有人可以做我的老師。

因此，弟子不一定比不上老師

老師也不一定比學生賢能

懂得道理的時間有先有後，在學術、技藝方面各有專長，只是這樣罷了

第七段
說明寫本文的原因。

李家有一個孩子叫李蟠，十七歲，愛好古文

儒家的六經和解釋經文的書籍，他全部都研習過

又不受社會風氣所拘束，向我學習

我讚許他能實行古人從師學習之道，寫了這篇《師說》贈送給他

聖人無常師，

孔子師郯子、萇弘、師襄、老聃。

郯子之徒，其賢不及孔子。

孔子曰：「三人行，則必有我師。」

是故弟子不必不如師，

　　　師不必賢於弟子；

聞道有先後，術業有專攻，如是而已。

第七段

李氏子蟠，年十七，好古文，

六藝經傳，皆通習之；

不拘於時，學於余。

余嘉其能行古道，作《師說》以貽之。

本段以孔子作為例子，說明聖人孔子也要從師問學，強調從師學習的重要性。

郯子：春秋時郯國的國君，孔子曾向他請教官職的名稱。郯：(粵)音[談]；(普) tán。

萇弘：周敬王時的大夫，孔子曾向他請教音樂。萇：(粵)音[場]；(普) cháng。

師襄：春秋時魯國的樂官，孔子曾向他學習彈琴。

老聃：就是老子，孔子曾向他問禮。聃：(粵)音[耽]；(普) dān。

六藝：指《詩》、《書》、《禮》、《樂》、《易》、《春秋》六部經書。

經：六經原文。

傳：注釋六經原文的解釋文字。

貽：贈送。(粵)音[宜]；(普) yí。

作者最後說明寫作本文原因，引李蟠以他為師作為例子，證明自己躬行師道，加強文章說服力。

文章最後以嘉許李蟠「能行古道」作結，可與開篇「古之學者必有師」前後呼應，使全文的結構更加緊密。

本文善於運用對比：

第三段用「古之聖人」和「今之眾人」作對比，前者從師求學而更加聖明，後者恥學於師則更加愚蠢。指出是否從師學習就是聖愚分別的關鍵所在。

第四段用士大夫為子擇師求學和本身卻恥於從師作對比，指出他們「小學而大遺」的錯誤。

第五段用巫醫樂師百工等人「不恥相師」和士大夫以相師為恥作對比，諷刺後者才智低下，比不上前者。

8　始得西山宴遊記　　柳宗元

柳宗元（773 — 819），字子厚，唐河東解縣（今山西省永濟市）人，著名文學家。他曾參加王叔文領導的政治改革運動，失敗後，被貶為永州（在今河南省南部）司馬，後調任柳州刺史，人稱柳柳州。他是唐代古文運動倡導人之一，與韓愈並稱韓柳。作品題材廣泛，文筆雅潔，著有《柳河東集》。

本文選自柳宗元《柳河東集》。柳宗元曾參與政治改革，改革失敗，被貶為永州司馬，他為了排遣抑鬱的心情，加上政務清閒，便縱情山水之間，並以為已盡覽當地山水。在被貶永州的第五年九月，他偶然發現西山，覺得它奇特，便登山遊覽，竟然達到與天地萬物合一的理想境界；於是認為真正的遊覽是從這次開始，故以「始得」命名本篇。西山位於永州以西。本文的記敍和描寫簡潔、生動、傳神，是遊記的名篇。

第一段
謫居永州後，心情憂懼，遊山玩水以排遣，但不知西山的奇特。

自從我成為罪人
居住在這個地方，經常擔驚受怕
有空閒時，我便慢慢地閒逛，又隨意地遊覽
日日和朋友們登上高山
穿進茂密的樹林，深入曲折的溪水盡頭
欣賞隱蔽的山泉和奇特的石頭，沒有哪處遙遠的地方沒去過
到達目的地後便撥開野草坐下，把壺中的酒喝盡直到醉倒
醉倒了便互相枕臥着，枕臥着便做起夢來
心中嚮往的地方，夢裏也就去到了
醒了就起來，起來就回家
那時以為凡是這個地方的奇山異水，我都遊覽過了
卻還沒有發現西山的怪異奇特之處

《始得西山宴遊記》可分為兩段，段落大意如下：

第一段：謫居永州後，心情憂懼，遊山玩水以排遣，但不知西山的奇特。

第二段：發現西山，遊覽西山，感到「與造物者遊」、「與萬化冥合」，並以西山自況，
　　　　表現自己清高的品格。

一段

自余為僇人，
居是州，恆惴慄。
其隙也，則施施而行，漫漫而遊。
日與其徒上高山，
　　　　入深林，窮迴溪，
幽泉怪石，無遠不到。
到則披草而坐，傾壺而醉。
醉則更相枕以臥，臥而夢。
意有所極，夢亦同趣。
覺而起，起而歸。
以為凡是州之山有異態者，皆我有也，
而未始知西山之怪特。

僇人：罪人。僇：同「戮」，刑辱。
(粵)音[陸]；(普) lù。

惴：擔心。(粵)音[最]；(普) zhuì。

慄：害怕。(粵)音[律]；(普) lì。

窮：走到盡頭。

到→坐；醉→臥→夢→起。
這裏用的是頂真法。

極：至，嚮往。

趣，同「趨」，往。

上面說「幽泉怪石」，這裏用
「異態」，有照應。

「主角」西山出場了。
第12行引起懸念，吸引讀者
注意西山的怪特；又承上啟下，
由上文遊玩而帶出下文西山。

51

第二段
發現西山，遊覽西山，感到「與造物者遊」、「與萬化冥合」，並以西山自況，表現自己清高的品格。

今年九月二十八日，我坐在法華寺西亭那裏
望見西山，才指點着說它奇異怪特
於是便派遣僕人，渡過湘江，沿着染溪
砍伐叢生的雜樹，焚燒繁生的雜草
到了山頂才停下來
我們攀援上山，到了山頂便席地而坐，隨意地伸開兩腿，遠眺欣賞景色
附近數州土地，都好像在我們的坐席之下
周圍地勢高低起伏
有的深邃，有的低陷，山丘像小土堆，窪谷像小洞穴
眼前看似只有尺寸的土地，實際上卻有千里那麼遼闊
遠處的山聚攏、堆積在一起，都在我們的視線之下不能隱藏
青山白水互相環繞，向外伸展，在天邊遠接
四面望去都是一樣的景色
我這時才明白西山獨特出眾的地方
它跟那些小土丘不相同
它飄渺遼遠，與大自然交融，無法知道它的邊際
它空曠高遠，悠然和造物者在一起，無法知道它的盡頭
我們把酒杯倒滿了酒，喝過後進入醉鄉，連太陽下山也不察覺
黃昏的天色昏昏沉沉地從遠處掩至
直到四周暗得甚麼也看不見，我們還是不忍離去
我的心凝止了，形體也解放了，不知不覺和萬物融合為一體
這時我才明白到從前根本算不上遊覽過山水
這次才是真正遊覽山水的開始
所以寫這篇文章記下這次遊覽
這一年是元和四年

今年九月二十八日，因坐法華西亭，

望西山，始指異之。

遂命僕過湘江，緣染溪，

斫榛莽，焚茅茷，

窮山之高而止。

攀援而登，箕踞而遨，

則凡數州之土壤，皆在衽席之下。

其高下之勢，

岈然洼然，若垤若穴，

尺寸千里，

攢蹙累積，莫得遯隱。

縈青繚白，外與天際，

四望如一。

然後知是山之特立，

不與培塿為類。

悠悠乎與顥氣俱，而莫得其涯；

洋洋乎與造物者遊，而不知其所窮。

引觴滿酌，頹然就醉，不知日之入。

蒼然暮色，自遠而至，

至無所見，而猶不欲歸。

心凝形釋，與萬化冥合。

然後知吾嚮之未始遊，

遊於是乎始，

故為之文以志。

是歲元和四年也。

時間地點，都交代清楚。

斫：砍伐。(粵)音[爵]；(普) zhuó。

第 15、16 行用排比句。

第 5、17 行的「窮」都作動詞用。中文的詞性相當靈活。

垤：蟻穴外的小土堆。(粵)音[秩]；(普) dié。

遯：逃遁。(粵)音[頓]；(普) dùn。

「岈然洼然」、「若垤若穴」、「縈青繚白」這些詞語都簡潔、整齊，在在顯示作者文字的功力。

培塿：小土丘。塿：(粵)音[柳]；(普) lǒu。

顥氣：同「浩氣」，天地自然之氣。

俱：在一起。

第 28 至 35 行，寫出遊西山的感受。

第 33 行表示達至精神上的超脫與自由。

冥：暗中。

嚮：以前。

注意文言文裏「之」字有多個意義。

之：這。

志：同「誌」，記述。

章寫西山奇特，但竟不為人認識，示自己雖有才華，卻無人賞識而官。西山傲然挺立，不與培塿為類，徵自己品格清高，特立獨行，不與俗同流合污。

本段分三個層次描寫西山：

1. 第 19 行總寫山下數州景物如在坐席之下。

2. 第 20 至 23 行寫俯視所見細節，如小土堆、蟻穴等，景物一覽無遺。

3. 第 24 至 25 行寫環視四周，青山白水，遠接天際。

9　岳陽樓記　　范仲淹

范仲淹（989 － 1052），字希文，蘇州吳縣（今江蘇蘇州）人，北宋著名的政治家、文學家、軍事家和教育家。宋真宗時考取進士，仁宗時在西北主持邊務，使西夏不敢侵犯邊境。曾提出十項政治改革方案，但推行僅一年便因守舊派阻撓而失敗，此後自請外放為地方官。年六十四卒。他的詩、詞、文都有很高的造詣，著有《范文正公集》。

本篇選自《范文正公集》。岳陽樓在岳州巴陵縣（今湖南岳陽），位於洞庭湖畔。據說最初是三國時吳國的閱兵台，唐代在台上建成岳陽樓，此後很多詩人都曾在這裏遊覽和賦詩，於是成為名勝。范仲淹在政治改革失敗後，被貶鄧州，應好友滕子京的邀請，為重修岳陽樓撰寫本文。文中記述重修岳陽樓及撰寫此文的緣起，描寫登樓所見景象，抒發自己「先天下之憂而憂，後天下之樂而樂」的抱負。

第一段
敍述重修岳陽樓的背景和寫作本文的原因。

慶曆四年春天，滕子京被貶為巴陵郡太守
到了第二年，政務推行順利，百姓安居樂業，各種荒廢了的事務都興辦起來
於是重修岳陽樓，擴展它舊有的規模
把唐代名家和今人的詩賦刻在上面
他囑託我寫一篇文章來記述這件事

第二段
總寫洞庭湖的景色，點出遊覽者觀看景物會產生不同心情。

我看巴陵郡的美好景色，全在洞庭這個湖
它銜接遠處的山脈，容納長江的水流
水勢浩大，無邊無際
早晨陽光照耀，傍晚昏暗陰沉，景象千變萬化
這就是岳陽樓的壯闊景色，前人的描述已經很詳盡了
然而北面通向巫峽，南面直達瀟湘
被貶的官員和往來的詩人，大多在這裏聚集
他們觀賞景物時的心情能沒有不同嗎

《岳陽樓記》原文可分為五段，段落大意如下：

第一段：敍述重修岳陽樓的背景和寫作本文的原因。

第二段：總寫洞庭湖的景色，點出遊覽者觀看景物會產生不同心情。

第三段：描寫霪雨陰風時的景象，遊覽者因景物而感到悲傷。

第四段：描寫春和景明時的景象，遊覽者因景物而感到喜悅。

第五段：闡發古仁人之心與一般人悲喜之情不同處，「不以物喜，不以己悲」，進而點出
「先天下之憂而憂，後天下之樂而樂」的抱負，揭示主旨。

第一段

慶曆四年春，滕子京謫守巴陵郡。
越明年，政通人和，百廢具興。
乃重修岳陽樓，增其舊制，
刻唐賢、今人詩賦於其上；
屬予作文以記之。

第二至 3 行寫出
滕子京先公後私。

滕子京：范仲淹的朋友，兩人是
同年進士。
謫：古時官吏被降職調到偏遠的
地方。
屬：同「囑」，囑咐。

第 5 行點出「記」。

第二段

予觀夫巴陵勝狀，在洞庭一湖。
銜遠山，吞長江，
浩浩湯湯，橫無際涯；
朝暉夕陰，氣象萬千。
此則岳陽樓之大觀也，前人之述備矣。
然則北通巫峽，南極瀟湘，
遷客騷人，多會於此，
覽物之情，得無異乎？

第 7 至 8 行從空間角度描寫景物，
寫它的十分廣闊壯觀。
第 9 行從時間角度描寫景物，寫它的
變化多樣。
第 10 行先點出洞庭湖和岳陽樓的
關係，又謂前人描述完備，故下文
轉筆寫登樓覽物之情。

瀟湘：瀟水和湘江。
遷客：降職遠調的
官吏。
騷人：詩人。

第 13 行承上啟下，
承接上文所寫岳陽樓
的壯麗景色，並開啟
下文，分別寫出
觀賞景物時有不同
的心情。

55

第三段

描寫霪雨陰風時的景象，遊覽者
因景物而感到悲傷。

像那密雨連綿，連續幾個月不放晴

陰冷的風怒吼，渾濁的浪衝向天空

太陽和星辰都隱藏起了光輝，山岳也隱沒了形體

商人和旅客不能前行，桅桿倒下，船槳折斷

傍晚時分天色昏暗，老虎怒吼，猿猴悲啼

在這時登上這座樓

就會產生離開京城、懷念家鄉、擔憂遭到誹謗和諷刺的心情

放眼望去，盡是蕭條的景象，必定感慨到極點而悲傷不已啊

第四段

描寫春和景明時的景象，遊覽者
因景物而感到喜悅。

到了春風和煦、陽光明媚的時候，湖面平靜

天光和水色互相輝映，碧綠的湖水一望無際

沙洲上的白鷗時而展翅飛翔，時而停下聚集，美麗的魚兒在水中游來游去

岸上的芷草、小洲上的蘭花，香氣濃郁，花葉茂盛

有時湖面上的煙霧完全消散，皎潔的月光照耀千里的湖面

浮動的月色閃爍着點點金光，靜止的月影有如沉浸在水中的璧玉

捕魚人的歌聲互相唱和，這種快樂哪有窮盡

這時登上這座樓來

就會感到胸懷開闊，精神愉快，一切榮辱得失全都忘掉

拿着酒杯迎風暢飲，內心十分喜悅啊

第三段

14 若夫霪雨霏霏，連月不開；
15 陰風怒號，濁浪排空；
16 日星隱耀，山岳潛形；
17 商旅不行，檣傾楫摧；
18 薄暮冥冥，虎嘯猿啼。
19 登斯樓也，
20 則有去國懷鄉，憂讒畏譏，
21 滿目蕭然，感極而悲者矣。

第四段

22 至若春和景明，波瀾不驚，
23 上下天光，一碧萬頃；
24 沙鷗翔集，錦鱗游泳，
25 岸芷汀蘭，郁郁青青。
26 而或長煙一空，皓月千里，
27 浮光躍金，靜影沉璧；
28 漁歌互答，此樂何極！
29 登斯樓也，
30 則有心曠神怡，寵辱皆忘，
31 把酒臨風，其喜洋洋者矣。

霪雨：連綿不斷的雨。
霏霏：形容雨細密的樣子。

第 16 行是對偶句，句子整齊，內容凝練，增加節奏感。

檣：船的桅杆。
楫：船槳。(粵)音[接]；(普) jí。

以「檣」、「楫」借代船隻。

全段描寫陰沉淒清的景象，遷客騷人觸景生情，於是「感極而悲」。

以「錦鱗」借代魚。

郁郁：形容花香濃厚。
青青：花葉茂盛的樣子。

第 22 至 25 行「明」、「驚」、「頃」、「泳」、「青」押韻，讀起來悠揚順暢。

全段描寫暖和晴朗的景象，遷客騷人觸景生情，感到喜氣洋洋。這段和上一段成強烈對比。

57

唉！我曾經探求古代品德高尚的人的思想感情，也許跟上面所說的兩種思想感情不同。

為甚麼呢？

他們不因為環境的好壞或自己境遇的順逆而高興或悲傷。

身居朝廷高位，就憂慮他的人民；

身處偏遠江湖，就憂慮他的國君。

這樣，他們進朝廷做官也擔憂，退處江湖也擔憂。

那麼，他們甚麼時候才快樂呢？

他們一定說「在天下人還沒憂慮之前就先憂慮，

在天下人都快樂之後才快樂」吧！

啊，如果沒有這種人，我怎能找到志同道合的人呢？

第五段
闡發古仁人之心與一般人悲喜之情不同處，「不以物喜，不以己悲」，進而點出「先天下之憂而憂，後天下之樂而樂」的抱負，揭示主旨。

第五段

32　嗟夫！予嘗求古仁人之心，或異二者之為。

33　何哉？

34　不以物喜，不以己悲。

35　居廟堂之高，則憂其民；

36　處江湖之遠，則憂其君。

37　是進亦憂，退亦憂，

38　然則何時而樂耶？

39　其必曰「先天下之憂而憂，

40　　　　後天下之樂而樂」歟！

41　噫！微斯人，吾誰與歸？

二者：指上文「感物而悲」和「覽物而喜」的兩種心情。

第 34 行互文見義，意思是不因外物的好壞而悲喜，也不因個人際遇得失而悲喜。

居廟堂之高：指在朝廷做官。

處江湖之遠：指被貶到偏遠的地方做官或隱居山野。

進：指居廟堂之高。

退：指處江湖之遠。

微：沒有。

斯人：這人，指上文「古仁人」。

歸：效法、依歸。

末段轉為議論並述志抒懷，概括全篇，點出主題，達到思想昇華。

本段以遷客騷人的悲喜和古仁人的悲喜作對比。

本文以記事開頭，繼而寫景，並借景抒情，最後以古仁人的思想超越悲喜，揭示自己抱負，顯示了作者高明的佈局藝術。

10　六國論　蘇洵

蘇洵（1009－1066）字明允，號老泉，北宋眉州眉山（今四川省眉山縣）人，為唐宋古文八大家之一。宋仁宗嘉祐年間，蘇洵與兒子 蘇軾、蘇轍赴京城汴京（開封），進見翰林學士歐陽修，並獻文章二十二篇。文章被爭相傳誦。著作有《嘉祐集》。

本課選自蘇洵《嘉祐集‧權書》，是作者的政論文章。「六國」指戰國時的齊、楚、燕、韓、趙、魏。「論」表明本篇是議論文。北宋中期受外族威脅，遼、西夏不斷侵犯宋境。宋廷為求苟安，採取消極退讓的政策，把大量歲幣贈予外族以換取短暫的和平，以致外族更貪得無厭。作者分析六國敗亡的原因，以古諷今，勸諫北宋君臣不要重蹈六國滅亡的覆轍。

第一段
六國破滅的原因在於賂秦，不賂秦的各國也因其他國家賂秦而亡國。

六國被消滅，並非因為他們的軍力不夠精良，也不是他們仗打得不好
他們的弊端在於賄賂秦國
賄賂秦國而削減自己的實力，這就是他們破滅的原因了
有些人可能會問：「六國先後滅亡，全因為賄賂秦國嗎？
我必回答他：「那些不賄賂秦國的國家，也因為賄賂而被滅
為甚麼？因為它們失去了強大的援助，而不能獨自保存國家
所以我說，弊端在於賄賂秦國。

第二段
六國賂秦而失的土地，比戰敗而失的土地多出百倍；賂秦只會削弱自己實力，而助長秦國貪慾。

秦國除了靠侵略奪取土地外，還依賴列國的賄賂
小則得到邑，大則獲取城
所以秦國從受賄獲得的土地，比較他戰勝掠奪的
實際上有百倍之多
各國因賄賂秦國而割讓的土地，較諸他們戰敗所失的土地
實際上也有百倍之多
那麼秦國最大的慾望，六國最大的禍患
根本就不在於戰爭

《六國論》原文可分為六段，每段大意如下：

第一段：六國破滅的原因在於賂秦，不賂秦的各國也因其他國家賂秦而亡國。

第二段：六國賂秦而失的土地，比戰敗而失的土地多出百倍；將秦只會削弱自己實力，
　　　　而助長秦國貪慾。

第三段：齊、燕、趙先後亡國的原因。

第四段：齊、燕、趙如果不附秦，無刺客，有良將，則歷史可能改寫。

第五段：各國如聯合起來，當可抗秦。

第六段：為政者不應重蹈六國滅亡的覆轍。

第一段

六國破滅，非兵不利，戰不善，
弊在賂秦。
賂秦而力虧，破滅之道也。
或曰：「六國互喪，率賂秦耶？」
曰：「不賂者以賂者喪。
蓋失強援，不能獨完。
故曰弊在賂秦也。」

開門見山，提出論點，
下面加以論證。

第 4 行利用設問手法，然後回答，
用以吸引讀者注意，並藉此補充
論點，加強說服力。

完：保全。

第二段

秦以攻取之外，
小則獲邑，大則得城。
較秦之所得與戰勝而得者，
其實百倍；
諸侯之所亡與戰敗而亡者，
其實亦百倍。
則秦之所大欲，諸侯之所大患，
固不在戰矣。

邑：小城鎮。

第 10 至 13 行用對稱句子，
句式工整。

寫賂秦而失的土地比戰敗
而失的更多，因此六國禍患
不在於戰爭，屬於「說之
以理」的說理方法。

61

回想起各國的祖先

他們冒着風雨霜雪，披荊斬棘

才能獲取小小的土地

可是他們的子孫後代卻不珍惜

將國土割讓給別人，像拋棄草芥一樣

今天割了五座城池，明天割了十座城池

然後才能換得一夜的安寢

可是第二天起床，環顧四周，發現秦兵又來到面前了

各國的土地有限

而暴烈的秦國，貪念卻是無窮無盡的

向他奉獻的土地愈多

他對你的侵略就愈急

所以，不必交戰，而強弱勝負之勢已可判定了

最後被秦所滅，根本是理所當然的結果

古人說：「將土地奉送給秦國，就好像抱着柴去救火一樣

柴未被燒盡，火就不熄滅。」

這話的確說得對

第三段
齊、燕、趙先後亡國的原因。

齊國並沒有賄賂秦國

但繼五國之後，終於也被秦殲滅，這又是甚麼原因呢

這是因為他與秦國交好而不去幫助五國

到五國滅亡後，齊國也自然不能倖免

燕、趙兩國的君主，一開始便很有遠見

堅守自己的國土，依循義理不去賄賂秦國

燕國雖小，可是最後才滅亡

這就是用兵抗秦的成效了

只是後來燕國太子丹用荊軻行刺秦王，才加速秦的侵略

趙國曾經五次和秦國交戰，敗了兩次，勝了三次

其後，秦再攻打趙，李牧亦再次擊敗秦兵

及至李牧因讒言被殺，邯鄲這個趙的首都，最終也變成秦的郡縣

趙國用兵抗秦，卻不堅持到底，真是可惜

6　思厥先祖父，

7　暴霜露，斬荊棘，

8　以有尺寸之地。

9　子孫視之不甚惜，

0　舉以予人，如棄草芥。

1　今日割五城，明日割十城，

2　然後得一夕安寢；

3　起視四境，而秦兵又至矣。

4　然則諸侯之地有限，

5　　　暴秦之欲無厭；

6　奉之彌繁，

7　侵之愈急，

8　故不戰而強弱勝負已判矣。

9　至於顛覆，理固宜然。

0　古人云：「以地事秦，猶抱薪救火；

1　薪不盡，火不滅。」

2　此言得之。

第三段

3　齊人未嘗賂秦，

4　終繼五國遷滅，何哉？

5　與嬴而不助五國也。

6　五國既喪，齊亦不免矣。

7　燕趙之君，始有遠略；

8　能守其土，義不賂秦。

9　是故燕雖小國而後亡，

0　斯用兵之效也。

1　至丹以荊卿為計，始速禍焉。

2　趙嘗五戰于秦，二敗而三勝；

3　後秦擊趙者再，李牧連卻之；

4　洎牧以讒誅，邯鄲為郡。

5　惜其用武而不終也。

厥：同「其」，他們的。

寫祖先創業艱辛，屬於「動之以情」的說理方法。

20、30 行都用比喻。

「一夕安寢」是誇張說法。

厭：同「饜」，飽足。
彌：愈，更加。

古人這裏指戰國時魏國的蘇代。
徵引是引用古人的話，這是說理時一個常用手法。
「柴」比喻六國土地，
「火」比喻秦國野心。

與：親近，親附。
嬴：秦王的姓，指秦國。

齊亡原因：不助五國。

李牧：趙國名將。
卻：擊退。
洎：到。(粵)音[記]；(普) jì。
邯鄲：戰國時趙國的首都。
在今河北省。

第四段
齊、燕、趙如果不附秦，無刺客，
有良將，則歷史可能改寫。

況且，燕、趙兩國在秦將盡滅六國之時，
可以說是智窮力弱的危急關頭，
戰敗被滅，實在是難以避免的。
假如韓、魏、楚三國都能各自愛惜自己的土地，
而齊又不與秦交好，
燕國的刺客不去行刺秦王，趙國的良將李牧仍未被殺的話，
那麼，六國和秦勝負存亡的成數，
可說是均等的，結果如何也就難以估計了。

第五段
各國如聯合起來，
當可抗秦。

唉！如果各國能將割給秦的土地拿出來，分封給天下的謀士；
把討好秦國的心意，來禮遇天下的奇才；
合力對付西面的秦國，那麼我恐怕秦國人連飯也吞不下嚥了。
可惜，即使有這樣有利的形勢，
卻被秦國累積的聲威所嚇倒，
每天割地每月割土，逐漸走上滅亡的道路。
統治者不要被人家所累積的聲威所嚇倒啊！

第六段
為政者不應重蹈
六國滅亡的覆轍。

六國與秦國同是諸侯，它們的勢力比秦國弱，
但仍可以有不賄賂秦而戰勝秦的形勢。
如果擁有全國那麼大的領土，
卻重蹈六國滅亡的道路，
那比六國更不如了。

第四段

且燕、趙處秦革滅殆盡之際，
可謂智力孤危，
戰敗而亡，誠不得已。
向使三國各愛其地，
齊人勿附於秦，
刺客不行，良將猶在，
則勝負之數，存亡之理，
當與秦相較，或未易量。

第五段

嗚呼！以賂秦之地，封天下之謀臣；
　　　　以事秦之心，禮天下之奇才；
並力西嚮，則吾恐秦人食之不得下嚥也。
悲夫！有如此之勢，
而為秦人積威之所劫，
日削月割，以趨於亡。
為國者無使為積威之所劫哉！

第六段

夫六國與秦皆諸侯，其勢弱於秦，
而猶有可以不賂而勝之之勢。
苟以天下之大，
而從六國破亡之故事，
是又在六國下矣！

革：除。
殆：差不多，幾乎。

向使：假使。

如果怎樣怎樣……
歷史可能改寫。
這裏從假設的角度立論。

49 至 53 共五行，是一長句；
雖然長，但結構嚴謹，長而
不雜亂。

連接第四段，繼續說如果
怎樣怎樣 ……，足以抗秦。
這裏提出積極的建議。

劫：威嚇。

第 60 行，作者總結六國滅亡的
原因後，對宋朝當政者作出忠告
和表示感慨。

勝之：「之」是它的意思，指秦。
「天下之大」暗指當時宋朝。

故事：舊事。

63 至 65 行，作者以諷刺作結，
點出主題。

末段借古諷今，是不點名批評當時的為政者。
借古：六國賂秦而亡。
諷今：當時宋朝採取賄賂外族來換取和平的政策。

65

11 「唐詩三首」之一 山居秋暝 王維

王維（約公元 701 － 761），字摩詰。祖籍太原祁州（今山西祁縣），從他父親開始，遷居到蒲州（今山西永濟縣），我國著名詩人。年青時有才名，開元二十二年任右拾遺，後來官至尚書右丞。他後半生厭倦官場生活，篤志信佛，隱居山野，詩中多描山水田園，表現恬淡閒適的心境。他在詩歌、繪畫、音樂等方面都有很高造詣。他有「詩佛」的稱號。著作有《王右丞集》。

這首詩選自《王右丞集》，是一首五言律詩，屬於王維山水詩代表作之一。本詩大概是他後半生在藍田輞川隱居時所作。詩中寫出山中黃昏在秋雨過後的山水景色和人物活動，並抒發自己嚮往隱居生活的心情。

空曠的山野剛下過一場雨
秋天傍晚的天氣份外清涼
明月由松林的樹影中映照下來
清澈的泉水在石上流淌
竹林裏傳來歸家洗衣女的喧鬧聲
蓮葉由於漁舟順流而下而搖動
任憑春天的花草隨着時令凋謝
隱居者還是可以在這裏居住下來

《山居秋暝》全篇可分為四部分，大意如下：

首聯（第一、二句）點出地點和時間。

頷聯（第三、四句）描寫山中景物。

頸聯（第五、六句）寫人的活動。

末聯（第七、八句）抒發作者的心情。

空山新雨後，
天氣晚來秋。
明月松間照，
清泉石上流。
竹喧歸浣女，
蓮動下漁舟。
隨意春芳歇，
王孫自可留。

第一、二句寫空山在傍晚下雨後，秋意漸濃，由視覺的描寫帶出觸覺的描寫。

第三句寫天上，描繪皎潔的明月映照墨綠的松林，屬視覺描寫；第四句寫地下，描繪清泉流過溪中的白石，令人感受到水流的清澈和在石上流過形成的聲音。句中既有視覺的描寫，也暗含聽覺的描寫。

第五句從聽覺落筆，由竹林喧鬧聲而點出洗衣歸來的女子；第六句從視覺落筆，由蓮葉搖動而帶出漁舟順流而下。這兩句充滿動態和富有生趣。

浣女：洗衣女。

隨意：任憑。

春芳：春天的花草。

歇：乾枯，凋謝。(粵)音[挈]；(普) xiē。

王孫：原指貴族子弟，後來也泛指隱士，此處指詩人自己。

本來《楚辭·招隱士》說：「王孫兮歸來，山中兮不可久留！」作者的體會恰好相反，他覺得山中可以居住。

67

「唐詩三首」之二　月下獨酌（其一）　李白

李白（701－762），字太白，號青蓮居士。祖籍隴西成紀（今甘肅省天水縣附近）。唐天寶元年(742年)，他為唐玄宗賞識，授翰林供奉。安史之亂爆發，他加入永王李璘的幕府，受到牽連獲罪流放，六十二歲病逝。有「詩仙」之譽。著作有《李太白集》。

這首詩選自《李太白集》，是一首五言古詩。《月下獨酌》共四首，這是第一首。本詩大概是李白在唐玄宗天寶三年（744）春天所作。這時李白雖然在長安擔任翰林供奉，但受到小人誹謗，被權臣排擠，心情苦悶，於是借酒澆愁，發泄內心的苦悶。

花叢中擺了一壺酒

自斟自飲沒有可以親近的人

我舉起酒杯邀請天上的明月

加上我的影子湊成了三人

可是月亮不懂得喝酒

影子也只會隨着我的身體移動

暫且以月亮和影子為伴

趁着這春夜及時行樂

我唱歌時明月在空中徘徊

我跳舞時影子變得散亂

清醒時我們一起歡樂

酒醉後就各散東西

我要和月亮及影永遠結伴，忘情地遊玩

約定將來在遙遠的天上仙境會面

《月下獨酌》全可分為四部分，每部分大意如下：

一 （花間一壺酒……對影成三人）：
　　作者在花間喝酒，因感孤獨而邀明月和影子同飲。

二 （月既不解飲……行樂須及春）：
　　雖然明月不懂飲酒，影子只知跟從，但作者仍然與他們及時行樂。

三 （我歌月徘徊……醉後各分散）：
　　作者既歌且舞，但明白到醒時才可一起歡樂，醉後就會各自分散。

四 （永結無情遊……相期邈雲漢）：
　　作者自我開解，想像與明月和影子永遠結伴同遊，相約在遙遠的天上仙境相會。

花間一壺酒，
獨酌無相親。
舉杯邀明月，
對影成三人。
月既不解飲，
影徒隨我身。
暫伴月將影，
行樂須及春。
我歌月徘徊，
我舞影零亂。
醒時同交歡，
醉後各分散。
永結無情遊，
相期邈雲漢。

酌：喝酒。
　　作者在花間月下飲酒，本是良辰美景，但他卻「獨酌無相親」，這是以美景反襯他的孤獨。

徒：只是，僅僅。
將：和，與。

交歡：一起歡樂。

無情遊：指月和影都是無知覺情感之物，和它們同遊就是「無情遊」。另一說法是「無情」：即忘情，不為世俗所困的超脫精神境界。
期：約會。
邈：遙遠。(粵)音[秒]或[莫]；(普) miǎo。
雲漢：銀河，即天上仙境。

作者發揮了想像力，將眼前冷清的環境變得十分熱鬧。詩末也寄託深意，希望可以與月、影永遠共遊，從此擺脫孤寂。

「唐詩三首」之三　　登樓　杜甫

杜甫（712—770），字子美，號少陵野老。生於鞏縣（在今河南省）。唐天寶六年（747年）參加科舉考試落第，寓居長安。安史亂起，冒險到鳳翔謁見肅宗，授為左拾遺，不久被貶。後獲嚴武推薦為檢校工部員外郎。曾居於成都，晚年因戰亂四處漂泊。有「詩史」、「詩聖」之譽。著作有《杜少陵集》。

這首詩選自《杜少陵集》，是一首七言律詩，是唐代宗廣德二年（764）春，杜甫在成都所寫的。當時杜甫流落成都，雖然在前一年安史之亂已大致平定，但不久外族吐蕃攻陷長安，代宗被迫逃奔，幸得郭子儀收復京師；年底，吐蕃又入侵四川北部。當時朝廷外有吐蕃侵擾，內有宦官弄權，以致國事凋零。作者在這國家多難的時刻登上高樓，觸景生情，抒發出對國事的感慨。

我異鄉作客，看着高樓附近的繁花而感到傷心

在這國家多難的時候，我登上了這座高樓

錦江的春色從天地邊際湧來

玉壘山的浮雲自古至今變幻不定

大唐朝廷有如北極星，始終不會改變

西山的強盜不要再來入侵

可憐的後主劉禪終於回到成都的祠廟受供奉

在這黃昏時分，我姑且吟誦《梁父吟》吧

《登樓》全篇可分為四部分，大意如下：

首聯（第一、二句）寫登樓所見附近的景物，帶出作者的心情和當時的國家形勢。

頷聯（第三、四句）寫登樓所見遠方的山光水色。

頸聯（第五、六句）議論時局，申明朝廷安穩，告誡外敵切勿入侵。

尾聯（第七、八句）寫見後主祠廟而懷念諸葛亮，寄望朝廷任用賢臣，並抒發個人抱負。

第一句寫登樓雖見繁花，卻使作者傷心。
這是以樂景寫哀情，運用反襯手法。
第二句「萬方多難」，是全詩抒情的關鍵字眼。

花近高樓傷客心，
萬方多難此登臨。
錦江春色來天地，
玉壘浮雲變古今。
北極朝廷終不改，
西山寇盜莫相侵。
可憐後主還祠廟，
日暮聊為梁甫吟。

客：杜甫當時客居四川，故自稱「客」。

錦江：岷江的支流，流經成都西南。
玉壘：指四川省理番縣的玉壘山，是蜀中
通往吐蕃的要道。
北極：北極星。

第三句寫「天地」，第四句
寫「古今」，氣勢浩大。

後主：指蜀漢末代君主劉禪。
還祠廟：指後主死後，神主回到成都的祠廟受人
供奉。還：回到。
梁甫吟：亦作「梁父吟」。據《三國志‧蜀志》，
諸葛亮在隆中躬耕時，好為《梁父吟》。

第七句因見後主祠而感歎劉禪亡國，由此想到蜀亡是因諸葛亮已死。
聯繫當時現實，既有批評代宗信任宦官、一如劉禪信任宦官之意，
更多地還是哀歎當時已經沒有諸葛亮這樣的能幹大臣。
第八句一方面是懷念諸葛亮，另一方面也希望朝廷能夠任用賢才。
作者以諸葛亮自況，想效法他的事跡，為朝廷盡力。

12 「詞三首」之一　念奴嬌・赤壁懷古　蘇軾

蘇軾（1037-1101），字子瞻，號東坡居士，宋眉州眉山（今四川眉山）人。著名文學家。他因敢言而得罪了新舊兩黨，屢遭貶官，曾先後任黃州、杭州、海南等地的地方官。他兼擅詩、詞、文，為「唐宋八大家」之一。著有《東坡文集》、《東坡樂府》。

上片
描寫赤壁的景色，並由眼前景物引發對英雄人物周瑜的懷想。

長江滾滾向東奔流
巨浪把千百年來傑出的英雄人物都沖洗淨盡
人們傳說那舊日營壘的西邊
是三國時周瑜大敗曹操的赤壁
那兒陡峭不平的石壁直穿高空
洶湧的巨浪拍打着崖岸
捲起千萬重白茫茫的浪花

下片
通過對周瑜的描寫，歎息自己年華老去而功業未成，並抒發人生如夢的無限感慨。

江山景色美麗如畫
那時候啊，多少英雄豪傑並起
遙想當時的周公瑾，正值盛壯之年
小喬剛剛嫁了給他，他姿態神俊雄偉，言論見解超卓不凡
他手搖羽扇，頭戴青絲巾
談笑之間，就從容地把曹操的戰船燒成灰燼
我的精神在三國故地遊覽
可笑的是自己多情善感，頭上過早地長出白髮
人生在世，有如一場大夢
還是灑酒江中，邀江上的明月共飲吧

72

本詞選自宋朝蘇軾《東坡樂府》，是作者被貶官到黃州（今湖北黃岡），遊赤壁時所寫的。《念奴嬌》是詞牌名（詞的調子名稱），《赤壁懷古》是題目，意思是在赤壁懷念古人。赤壁以「赤壁之戰」聞名，三國時吳將周瑜在這裏大破曹軍。作者藉着描寫赤壁壯麗的景色，懷想與赤壁之戰有關的英雄人物及其功業，抒發了自己年華漸老但無所作為的感慨。

大江東去，
浪淘盡、千古風流人物。
故壘西邊，
人道是、三國周郎赤壁。
亂石穿空，
驚濤拍岸，
捲起千堆雪。

江山如畫，
一時多少豪傑！
遙想公瑾當年，
小喬初嫁了，雄姿英發。
羽扇綸巾，
談笑間、檣櫓灰飛煙滅。
故國神遊，
多情應笑我，早生華髮。
人間如夢，
一尊還酹江月。

周瑜破曹軍的赤壁在今湖北省蒲圻縣西北，而作者當時所遊的赤壁是黃州赤鼻磯（今湖北省黃岡縣西北）。他藉此懷緬周瑜並抒發感慨。第4行「人道是」表明這赤壁只是民間傳說。

三國：東漢以後，魏、蜀、吳分立為三國。
周郎：即周瑜。

用「大江」、「千古」、「穿空」、「千堆」，這些字眼顯出氣勢。

第8,9行承上啟下：「江山如畫」總結上文景色；「一時多少豪傑」既呼應上文「千古風流人物」，並開展下文描寫豪傑周瑜。

公瑾：周瑜，字公瑾。
小喬：周瑜的妻子。是個美人。
綸：青絲。(粵)音[關]；(普) guān。
檣：桅杆。(粵)音[詳]；(普) qiáng。
櫓：划船的槳。(粵)音[老]；(普) lǔ。

周瑜的樣貌、表情、動作都有，活靈活現！

華：同花。花白。

酹：把酒灑在地上，祭奠的一個動作。(粵)音[賴]；(普) lèi。

「江月」的「江」，和第1行的「大江」、第8行的「江山」呼應。

課程所選柳宗元、李白、蘇軾、李清照的作品，都寫到酒。
們怎樣喝酒？在甚麼情形下喝酒？
妨分析、比較一下，藉此增加對課文的瞭解。

「詞三首」之二　聲聲慢·秋情　李清照

李清照（1084 — 1155），自號易安居士，北宋濟南（今山東濟南）人。著名女詞人。

她生於書香世家，酷愛文學。與丈夫趙明誠致力收藏書畫金石。她後來定居杭州，有《金石錄》、《漱玉集》傳世。詞風婉約纖麗。

上片

作者若有所失地尋覓，但四周一片冷冷清清，心境更加淒慘悲戚。她睹雁生情，十分傷心。

若有所失地到處尋覓
卻只見一片冷冷清清
怎不讓人悽慘悲傷
剛剛回暖，但又帶有寒意的時候，最難調養身體
喝上三兩杯淡酒
怎可以抵禦入夜後的寒風吹襲
雁兒飛過時，更讓人傷心
這是舊日的老相識啊

下片

寫黃花堆積滿地，無人摘取，境況正與自己相似，不禁對景傷情。適逢細雨落在梧桐葉上淅瀝作聲，更使她愁苦難禁。

地上黃色的菊花零落堆積
全都枯萎凋謝，現在有甚麼可以採摘呢
我守在窗前，孤孤單單地怎樣熬到天黑
細雨飄灑在梧桐葉上
到黃昏時分，還是點點滴滴落下
這般情景，怎能用一個「愁」字概括得了呢

本詞選自宋朝李清照的《漱玉詞》，是李清照晚年的作品。《聲聲慢》是詞牌名。當時她寓居臨安（今杭州），經歷國破家亡的苦痛，她深感哀愁孤寂，無法排遣，於是寫成本詞，寄託了深沉的悲痛。

起首三句連用七組疊字，包含着情感的豐富層次。「尋尋覓覓」寫出空虛落寞，緊接的「冷冷清清」四個字寫尋覓無着的清冷，而難耐的孤寂不斷強化，終於轉為「悽悽慘慘戚戚」。這三組疊字表達出情感從失落轉為悽戚、再由悽戚轉為悲痛的過程。

尋尋覓覓，
冷冷清清，
悽悽慘慘戚戚。
乍煖還寒時候，最難將息。
三杯兩盞淡酒，
怎敵他晚來風急？
雁過也，正傷心，
卻是舊時相識。

戚戚：憂愁悲哀的樣子。
乍：剛剛。
將息：調養，休息。

這是南來秋雁，是作者昔日在北方故鄉曾經見過的，作者不禁勾起國土和故鄉的思念；作者想到「鴻雁傳書」，雁兒曾為自己和丈夫傳遞書信，可惜丈夫已去世，故此看見雁兒這「舊時相識」，回憶起丈夫。對國土、故鄉和丈夫的思念，令作者更加傷心。

滿地黃花堆積，
憔悴損，如今有誰堪摘？
守着窗兒，獨自怎生得黑？
梧桐更兼細雨，
到黃昏、點點滴滴。
這次第，怎一箇愁字了得？

憔悴損：指菊花凋零枯萎。損：極。
誰：何，甚麼。指菊花。
生：助語詞。

次第：光景。
了得：概括得了。

「點點滴滴」和起首三句的七組疊字相呼應，描寫細雨不停打在梧桐葉上，加強孤寂和愁苦的氣氛。

「詞三首」之三　青玉案·元夕　辛棄疾

辛棄疾（1140-1207），字幼安，號稼軒。南宋歷城（今山東濟南市）人，著名的愛國詞人。他少壯時組織義軍抗金，後率眾南歸朝廷，一直未得重用，鬱鬱以終。他的詞風豪放，與蘇軾並稱「蘇辛」。有《稼軒長短句》。

上片
描寫元夕夜燈月交輝，笙歌不絕，人們出遊的繁華景象。

夜裏滿城的花燈，像在春風吹拂下，千樹花開一樣
滿天的焰火，像被春風吹落的繁星如雨降下
駿馬駕着華麗的車子往來，路上香氣瀰漫
鳳簫奏起悠揚動聽的音樂
月亮慢慢地移轉
徹夜魚燈龍燈舞個不停

下片
接寫元夕夜眾女子歡笑的熱鬧情景，然後借尋覓一位孤高脫俗、不慕繁華的意中人帶出自己的寄意。

女子們悉心打扮，戴上蛾兒和各色柳條兒、黃金線等的飾物
她們說說笑笑地走過，留下陣陣幽香
我一次又一次地在人羣裏尋找她
忽然間回頭一望──
原來我所傾慕的那人，正在燈火稀疏冷落的角落裏

本詞選自宋辛棄疾《稼軒長短句》,《青玉案》是詞牌名,《元夕》是題目。元夕是農曆正月十五日的晚上,又稱元宵。本詞着力描寫元宵時景象熱鬧,遊人如雲,而作者尋覓的意中人,卻原來獨自在燈火闌珊處。作者似藉此暗示他遺世獨立、孤高自賞的人格。

東風夜放花千樹;
更吹落、星如雨。
寶馬雕車香滿路。
鳳簫聲動,
玉壺光轉,
一夜魚龍舞。

蛾兒雪柳黃金縷,
笑語盈盈暗香去。
眾裏尋他千百度,
驀然回首,
那人卻在、燈火闌珊處。

燈如花,用了比喻。
星如雨,也用了比喻。

雕車:裝飾華美的車。

玉壺:即明月。把月亮比喻為玉壺。

香味:屬嗅覺。
聲音:屬聽覺。

蛾兒雪柳黃金縷:指元夕婦女髻上所戴的蛾形、柳條形和黃金線的華麗頭飾。

驀然:突然。驀:(粵)音[默];(普) mò。
闌珊:零落,暗淡的樣子。

全首詞 11 行,前 8 行着重渲染元夕時繁華熱鬧的盛況,用來反襯後 3 行的「那人」在燈火稀疏角落的冷落情況,暗示自己不同凡俗,孤高自賞。

辛棄疾是愛國詞人,其詞多豪放之作。
這首《青玉案·元夕》卻寫得清麗婉轉,
表現了他的柔情。

這首詞嗅覺、聽覺、視覺的字眼都有,
最多的是視覺。感性十分豐富。

第 9、10、11 行是非常有名的句子,
常為人引用。

那位不慕繁華、自甘淡泊的女子正是
作者追慕已久的意中人。

本書各篇主旨綜述

1 論仁、論孝、論君子 《論語》

「論仁」四則說明「仁」的要點，指出仁的內涵、行仁的方法。

「論孝」四則說明「孝」的要點，指出孝的本質和怎樣行孝。

「論君子」八則說明「君子」的特質，指出君子應有的修養、君子和小人的分別。

2 魚我所欲也 《孟子》

作者用「魚與熊掌」的比喻，提出「捨生取義」的道理，說明「捨生取義」是人人都有之心，進而指出見利忘義就是喪失本心。

3 逍遙遊（節錄） 《莊子》

本文藉着莊子和惠子的對話，指出事物「有用」或「無用」，只因看事物角度不同。世俗認為「有用」的事物，其本身卻常招來危害；世俗認為「無用」的事物，反而常可讓其保全自身，這「無用之用」卻是「大用」。只要能打破世俗觀念，順應自然，才可發揮「大用」，達到精神優遊自在的逍遙境界。

4 勸學（節錄） 《荀子》

本文旨在說明學習的重要性並勉勵人們學習，述說學習的方法和效用，強調不斷累積，學習時持之以恆和專心一志，才會有所成就。

5 廉頗藺相如列傳（節錄） 司馬遷

本文通過「完璧歸趙」、「澠池之會」和「負荊請罪」三個歷史事件，具體生動地刻劃了藺相如的機智、勇敢、愛國和「先國家而後私讎」的高尚品質，也讚揚了廉頗忠心為國和勇於改過的精神。

6 出師表 諸葛亮

作者說明北伐的必要，表白自己感恩圖報、忠貞盡責的心志，希望後主交託他北伐的重責。他在文中叮嚀囑咐，規勸後主虛心訥諫、賞罰分明、親信賢臣、疏遠小人，以復興漢室；並舉薦賢能來襄助軍政事務，對內部的各方面都有縝密的安排。

7 師說 韓愈

本篇的主旨是說明從師學習的必要性以及擇師的原則，並抨擊當時士大夫恥於從師的錯誤觀念。

8 始得西山宴遊記 柳宗元

本文記述作者發現西山和到西山宴遊的經過和感受。通過西山景色

的描寫，寄寓了作者被貶的憂鬱和與大自然冥合的解脫心情；並借西山以自況，表現自己不願與世俗同流合污的清高品格。

9 **岳陽樓記　　范仲淹**

本文記述重修岳陽樓的背景，描寫遷客騷人因岳陽樓不同景色或悲或喜的心情，提出「不以物喜，不以己悲」的處世態度和「先天下之憂而憂，後天下之樂而樂」的抱負，並以勉勵友人。

10 **六國論　　蘇洵**

本文強調六國的失敗主因在於賂秦，更借古諷今，針砭時弊，言外之意是指出北宋對外族屈辱退讓，以「歲幣」求和，比諸六國賂秦更為不智。作者隱含的訊息是：北宋朝廷積極在軍事上作好準備，便可對付外敵。

11 **唐詩三首**

山居秋暝　　王維

作者描寫山野秋夜雨後的優美景色，流露對山居生活的喜愛，並抒發自己樂於歸隱的心情。

月下獨酌（其一）　　李白

作者通過在花間月下獨自飲酒的描述，抒發了孤寂落寞的情懷，以及自我開解的曠達人生態度。

登樓　　杜甫

作者藉登樓遠望，表達對國家「萬方多難」的傷感和申明對朝廷的信心，進而希望朝廷任用賢人，最後以諸葛亮自況，抒發了想為國盡力但報國無門的感慨。

12 **詞三首**

念奴嬌・赤壁懷古（大江東去）　　蘇軾

作者藉著描寫赤壁壯麗景色，懷想與赤壁有關的英雄人物及其功業，抒發出自己年華漸老但無所作為的感慨。

聲聲慢・秋情（尋尋覓覓）　　李清照

作者通過秋景的描繪，抒發孤獨寂寞的愁苦。當時國破家亡，作者心境抑鬱。

青玉案・元夕（東風夜放花千樹）　　辛棄疾

作者描述元夜時賞燈的熱鬧情景，通過對「那人」的尋覓，含蓄表達了自己不慕繁華、孤高自賞的品格。

鳴謝

香港中文大學前任校長金耀基教授惠賜墨寶，為本書題寫書名
謹此致謝

本書編著者簡介

黃維樑：香港中文大學中文系一級榮譽學士、美國俄亥俄州立大學博士；歷任香港中文大學中文系教授、高雄國立中山大學外文系客座教授、美國 Macalester 學院客席講座教授、新亞洲出版社總編輯。著編書籍超過三十種，近年著作包括：

- 《從文心雕龍到人間詞話》：北京大學出版社 2013 年出版。
- 《壯麗：余光中論》：香港文思出版社 2014 年出版。
- 《文心雕龍：體系與應用》：香港文思出版社 2016 年出版。
- （和萬奇合作編著）《愛讀式文心雕龍精選讀本》：北京師範大學出版社 2017 年出版。
- 《文化英雄拜會記：錢鍾書夏志清余光中的作品與生活》：香港中文大學出版社 2018 年出版。
- 《活潑紛繁：香港文學評論集》：香港匯智出版有限公司 2018 年出版。
- （和李元洛合著）《壯麗余光中：生活與作品》：北京九州出版社 2018 年出版。
- （和黃玉麟合作編著）《愛讀文言經典十二篇》：香港文思出版社 2019 年出版。

黃玉麟：香港中文大學中文系榮譽學士，曾任中學中文科教師及多家出版社編輯，並參與編寫了多本中文教科書及參考書，也是《朗文初階中文詞典》（第二版）、《朗文活用成語詞典》、《朗文中文新詞典》（第四版）等詞典的責任編輯。

4 勸學（節錄）　荀子

荀子（約前 313 — 約前238），名況，又稱荀卿、孫卿，戰國後期趙國（今河北省南部）人。著名思想家，與孟子同是儒家學派代表人物，他曾遊學於齊，講學於稷下（今山東臨淄），三次擔任學宮主持人。後至楚，任蘭陵令。免官後定居蘭陵，著述講學終老，有《荀子》三十二篇，一般認為是最後六篇由他的門人弟子所記。

本篇節錄自《荀子·勸學》。「勸學」就是勸勉，鼓勵學習的意思。本篇是《荀子》的第一篇，可見荀子特別重視「學」，這和他主張的「性惡論」有關。荀子認為人性本惡，喜好利欲、聲色，只有通過後天學習，才可以化惡為善，故此他特別強調後天學習的重要。本篇開宗明義提出「學不可以已」的立論，然後用大量比喻與例證，正反對比，說明學習的重要、學習的方法和效用、學習應有的態度。

《勸學》（節錄）原文可分為三段，段落大意如下：

第一段：闡明學習的意義：先提出「學不可以已」的論點，並以多個比喻說明學習的重要，指出學習能夠「知明而行無過」。

第二段：指出學習的方法和效用：說明借助後天環境與條件，可以改善先天本質，君子天資並不異於常人，只是善於借助後天學習才成為君子。

第三段：說明學習的態度：強調「累積」，只要累積善行，就能神智從容，具備聖人的修養；學習還要「不捨」和「專一」。

第一段
闡明學習的意義：先提出「學不可以已」的論點，並以多個比喻說明學習的重要，指出學習能夠「知明而行無過」。

君子說：學習是不可以停止的。
藍青，是從藍草中提取的，卻比藍草的顏色還要青；
冰，是水凝固而成的，卻比水還要寒冷。
木材直得合乎墨線的標準，把它烤彎做成車輪，它的彎度便合於圓規的標準了：即使再經火烤曬乾，也不會再挺直，這是火烤造成的結果。
故此木材經過墨繩糾正後就會變得筆直，金屬製成的刀劍在磨刀石上打磨過就會鋒利。
君子廣博地學習並且每天檢驗省察自己，智慧就會高明，品行也不會有過失了。

1 君子曰：學不可以已。
2 青，取之於藍，而青於藍；
3 冰，水為之，而寒於水。
4 木直中繩，輮以為輪，其曲中規，
5 雖有槁暴，不復挺者，輮使之然也。
6 故木受繩則直，
7 金就礪則利，
8 君子博學而日參省乎己，
9 則知明而行無過矣。

第1行開門見山：提出全文的中心論點。
君子：有學問和道德修養的人。
已：停止。
輮：同「煣」，以火浸木，再用火烤、使木彎曲變形。（專）音[柔]（普）róu。
有：同「又」。
槁暴：槁，烘烤，暴：曬乾。
6至7行的比喻帶出下文「博學」和「參省」的重要。
參省：參：檢驗。另一解釋是同「三」，多次。省：省察。（專）音[醒]（普）xǐng。
第8至9行揭示學習的重要。

第二段
指出學習的方法和效用：說明借助後天環境與條件，可以改善先天本質，君子天資並不異於常人，只是善於借助後天學習才成為君子。

我曾經整天地思索，但不如片刻學習的所得：
我曾經踮起腳跟遠遠遠望，但不如登上高處看得廣闊。
登上高處招手，手臂並沒有加長，但是很遠的人都可以看得見；
順着風向呼喊，聲音並沒有更加響亮，但人們卻聽得清楚。
借助車馬的人，並不是善於走路，卻能到達千里外的地方；
借助船隻的人，並不是善於游泳，卻能渡過江河。
君子本性與常人無異，只是善於借助後天學習罷了。

10 吾嘗終日而思矣，不如須臾之所學也；
11 吾嘗跂而望矣，不如登高之博見也。
12 登高而招，臂非加長也，而見者遠；
13 順風而呼，聲非加疾也，而聞者彰。
14 假輿馬者，非利足也，而致千里；
15 假舟楫者，非能水也，而絕江河。
16 君子生非異也，善假於物也。

跂：同「企」，提起腳後跟站立。
12及13行是對偶句，14及15行也是對偶句。
12至15行的比喻說明借助外物的重要。
生：同「性」，本性。
君子善假於物，物指後天學習。

這本《愛讀文言經典十二篇》
是每位同學平時熟記篇章和預備DSE考試的最佳讀本
是一般讀者熟讀熟記中國文學經典的必讀書

編著者
　　黃維樑：香港中文大學中文系一級榮譽學士、美國俄亥俄州立大學博士；歷任香港中文大學中文系教授、美國Macalester學院客席講座教授、新亞洲出版社總編輯。近年著作包括《從文心雕龍到人間詞話》（北京大學出版社，2013年）、《文化英雄拜會記：錢鍾書夏志清余光中的作品與生活》（香港中文大學出版社，2018年）。

　　黃玉麟：香港中文大學中文系榮譽學士，曾任中學中文科教師及多家出版社編輯，並參與編寫了多本中文教科書及參考書，也是《朗文初階中文詞典》（第二版）、《朗文活用成語詞典》、《朗文中文新詞典》（第四版）等詞典的責任編輯。

9 789887 758839